她从月亮来

李小糖罐——著

江苏凤凰文艺出版社
JIANGSU PHOENIX LITERATURE AND ART PUBLISHING, LTD

图书在版编目（CIP）数据

她从月亮来 / 李小糖罐著 . -- 南京 : 江苏凤凰文艺出版社 , 2018.11
ISBN 978-7-5594-2413-6

Ⅰ . ①她… Ⅱ . ①李… Ⅲ . ①长篇小说 – 中国 – 当代
Ⅳ . ① I247.5

中国版本图书馆 CIP 数据核字（2018）第 134977 号

书　　名	她从月亮来
作　　者	李小糖罐
出版统筹	万丽丽
选题策划	天麦开卷
责任编辑	姚　丽
特约编辑	苗露露
责任监制	李　响
封面设计	格 · 创研社
版式设计	杨　洋
发　　行	江苏凤凰文艺出版社
经　　销	北京有容书邦文化传媒有限公司 010-56421373
出版社地址	南京市中央路 165 号，邮编：210009
出版社网址	http://www.jswenyi.com
印　　刷	环球东方（北京）印务有限公司
开　　本	880×1230 毫米　1/32
印　　张	8
字　　数	180 千字
版　　次	2018 年 11 月第 1 版　2018 年 11 月第 1 次印刷
标准书号	ISBN 978-7-5594-2413-6
定　　价	39.80 元

preface \ ○

序
也许，我来自月亮

二〇一五年，感觉离现在好遥远了。我记得那是一个夏天，我待在一座叫郴州的城市里。

我是郴州人，准确地说我是郴州市永兴县人。永兴是座极小极小的县城，我家住在河边上，从我家阳台上可以直接看见河面，还有河对岸的小山。这是十七岁之前我每天醒来就可以看到的场景，那个时候我并不太清楚未来会是什么样子。小县城空气很好，没有雾霾，噪音也很少，天气好的时候，晚上我会坐在阳台上看星星。

那是怎样的日子呢？

无忧无虑？不，我还是有少年的烦恼的。那个时候我总是幻想我是被哪位神仙遗弃在人间的，所以我能从拖鞋的纹路里发现一头怪兽，还能看见空气里那些漂浮的小小气泡。我怀疑我的家是在天上的某颗星星上，还有一个喜欢我的男生住在隔壁的星星上，我坚信总有一天我会飞回到那颗星星上。

这样的梦做了许多年，直到我飞出这座小县城，去到了大都市，念大学、念研究生、念博士……才发现原来我之前就住在一颗纯净的星星上，只是我当时年少，不知时光的残酷，也不知时光的珍贵。

又回到二〇一五年，那时候我刚完成一件人生大事，有机会在家休息两个月。家里千好万好，不愁吃不愁穿，于是我又想起年少时的那个梦，我是一个来自的月亮的少女，有一个喜欢我的男生住在另一颗星球上……这个故事就诞生了。

我本来想把这个从月球上的女孩写得美好、纯情且有趣，但是真正开始写大纲时，我突然觉得还是赋予她一个真实的生活经历比较好，甚至她比现实生活里那些女孩还要倒霉：被男友劈腿、被闺蜜出卖、被老板性骚扰、被同事欺负，甚至好几次连命都没有了。

可是这有什么关系？那个叫“威廉”的男生一直都在她身边爱着她、守护着她。

小时候，我觉得这种守护应该是最深厚的一种爱，可是长大之后才发现这种理解其实很片面。很多时候我们经常会羡慕那些被保护得很好的人，但是等到我们真正成长起来时，才发现这种保护其实是一种间接伤害，它会让人渐渐懒惰，并丢弃许多本身应该成长起来的盔甲……

我的意思是，这世上真没有无缘无故的爱，当漂亮的皮囊随着时光流逝而变老时，唯有自己才能给自己十足的底气。

尽管如此，我依然相信爱情的美好，我依然相信即使现在没有找到爱情，也一定会在不远的将来，在人群里看到这么一个人，然后从心底发出一句：“啊，就是他了！”而爱情之所以成为许多人的信仰，就是因为它的纯粹性和意外性。

这两种属性并不矛盾呀。

此书送给所有相信爱情的人，世间最昂贵的东西总是情爱，这是无法反驳的，但也是最让人无奈的。

感谢我的父母，谢谢你们给予我的一切；感谢一个叫吴墨桐的男生，你是我写作的动力，很高兴能遇见你；最后万分感谢这本书的编辑，还有天麦图书，因为你们的欣赏和耐心，才有这本书的诞生。

愿亲爱的你这生终得所爱，且行且珍惜。

李小糖罐

二〇一七年十月十六日 广州

目录 / contents

Chapter 01

跟姑娘约会的岛奇们

我称呼这颗离我最近的星球为“蓝水珠”，但是它上面的居民都习惯称它为“地球”。

蓝水珠上的人是看不见我的，因为我住在月球的背面，但是我却可以清楚地看见他们每一个人。包括草莓镇上那位跟街对面的面包店老板娘搞暧昧的锁匠，他老婆不但不知情还每天去面包店买面包；橘子镇警察局旁边的那名老乞丐，事实上他是一位大作家，每天晚上他都会在网上更新他的小说《我是一个雄木瓜》，他喜欢白天躺在马路上睡觉，他觉得这样可以带来灵感，但是路人却以为他是一名乞丐，谁让他总是把自己弄得邋里邋遢的呢？

偶尔我也会看看其他星球上的人，比如火星。

蓝水珠上的人总是对火星充满了无限幻想。有些人认为火星上空无一人，有些人认为火星上肯定存在着一些神秘生物，还有一部分人相信火星上曾经存在着一个超级厉害的民族，后来经历了一些事情就灭亡了。

我认同第三种说法，但是也不是完全认同。

火星上住着我的朋友威廉先生。噢，我该怎么形容他呢？褐色头发，褐色皮肤，褐色眼珠，连鼻子旁边的雀斑都是褐色的，我觉得他应该改名叫“褐色威廉”，可惜他不喜欢这个称呼，就好像我不喜欢跟他约会一样。

“你不觉得你每天都过得很无聊吗？”一颗名叫“哈特蕾”的彗星跟我说话，当时我正在喝一杯不加糖的咖啡，左边的桌子上还摆着一碟威廉先生送的曲奇饼干。

“也许吧，不过我已经习惯了。”我喝了一口咖啡，拿着望远镜看着蓝水珠。今天锁匠和他老婆吵架了，他老婆发现他上个礼拜四去了一趟小旅馆。

“我要是你就去蓝水珠上逛逛，总比坐在这荒芜的小山丘上看别人的热闹有趣。”哈特蕾诱惑我，她告诉我再过半个月她就可以到达蓝水珠，如果我愿意的话她可以带上我，“三十年后你再骑上我妹妹哈特蕾二号就可以返回月球了。”

我有点儿犹豫。正当我犹豫时，我看见火星上的威廉先生在朝我招手。这是一个不好的预兆，我担心他会跑来月球，他早就想这么干了，所以我得赶紧骑上哈特蕾逃离这里。

可是我会不会被蓝水珠的大气层烧着？如果这样，哈特蕾最好把我扔进湖里，或者大海也可以。

哈特蕾却哈哈大笑起来，她觉得我的想法太搞笑了，她说：“你只会被烧死，怎么可能被烧着呢？所以最后我把你扔哪里都无济于事。”

天啦，我该怎么办？可是这一切似乎来不及了，我还没想到解决办法，就听见哈特蕾大叫一声“抓好了，我们进入蓝水珠了”！

只听见“嘭”的一声巨响，我们落地了。

我没有抓紧哈特蕾，我们俩进入蓝水珠以后被迫分开了。

我醒来的时候正躺在一个垃圾桶旁边，哈特蕾不知去向。一个月以后，我在电视上看见了哈特蕾，她已经死了，科学家把她运进了实验室，开始分解研究。

我却活了下来，这是奇迹。

捡到我的男人是一个酒鬼。当时他正准备往垃圾箱里扔他喝空了的啤酒瓶，却被地上的我绊了一跤。他本来准备踢我几脚，右脚悬在半空中又停了下来。

他吃惊地看着我，整个嘴巴张成一个“O”型，接着，他叫我“德芙”。

“我不叫德芙，先生，你认错人了。”

“不，你就是德芙。”他纠正我。我感觉跟他根本无法沟通，于是我打算起身离开，他却扑了过来，抱紧我的双腿，不停地哭喊，“德芙，你赶紧跟我回家吧，你的母亲快要把我折磨死了。”

“嘿，先生，你不要这样，我还没吃晚饭呢。”我想挣脱他，但是他却死死地抓着我不肯放手，后来他居然搂着我的腿睡着了，真是一个奇怪的男人。

男人口袋里有一张银行账单，按照账单上的地址，我找到了他的家。这是一所破旧的房子，房子里的女人正在砍一条羊腿。

门是半开着的，我敲门的时候她正举着一把大刀，见到我拖着一个男人进来，她嘟了一下嘴巴，说：“你怎么不喝死在街头？德芙，你快点儿去帮我看看汤好了没，如果沸腾了，你就削一点儿洋葱进去。”

我正好饿了，于是把男人扔在沙发上，就去帮这个女人干活。女人不停地絮絮叨叨，一会儿抱怨下了一个礼拜的雨，一会儿抱怨房东怎么还不叫人来修理漏水的厕所天花板……大概过了半个小时，她突然转过身抱紧我，问：“啊，你不是死了吗？德芙，车轱辘都把你的脑袋碾碎了，你怎么还能出现在我身边？”

我张大嘴巴，我不知道该怎么回答这个问题。

女人却叹了口气，像是对我说，又像是自言自语：“唉，我知道你不会离开我的，你不喜欢你的父亲，可是你还留恋我，对吧？”

沙发上的男人要喝水，从沙发上挣扎着爬起来，朝着厨房吼叫，女人骂骂咧咧地回应着。我看了一眼电视机前的小相框，年轻的男人和年轻的女人，背后站着一个鼻翼旁长满雀斑的小女孩。

好吧，我现在就叫德芙。

德芙，十九岁，今年上大二，社会关系比较简单，除了酒鬼父亲和患有间歇性精神病的母亲，她和家族中的其他亲戚来往极少。至于她在学校的人际关系，看似十分简单，但是细究起来却有点儿复杂。

我本来以为秋葵是德芙的闺蜜，可是后来我发现她只是把德芙当成一个陪吃饭、陪逛街、陪上厕所，还有帮她答到和写实习报告的女伴，如果她有自己的聚会或者新的朋友，马上就会抛弃德芙。

还有岛奇，我和他每个礼拜都会去学校隔壁的小旅馆开房，我感觉他应该是德芙的男朋友，可是每次完事之后他都会给我一笔钱，然后和我一前一后走出旅馆——难道他们是嫖客和妓女的关系？岛奇可是学校篮球队队长，学校里很多女生都暗恋他，他为什么偏偏要和德芙去滚床单啊？

我不知道德芙有没有告诉秋葵她和岛奇之间的关系，所以当秋葵问我上个礼拜四的晚上去了哪里的时候，我支支吾吾、犹犹豫豫地回答不出来。秋葵似乎很生气，她觉得我就是她的小跟班，小跟班怎么可以对主人有所隐瞒？

“德芙，你是不是谈恋爱了？”

“绝对没有，我的意思是这是不可能发生的事情。”

“可是你星期四晚上没有在宿舍睡觉，而且你包里还有一把标着‘红唇旅馆’的梳子，你别告诉我你一个人去开房了。”秋葵从我的背包里翻出一把梳子。她喜欢翻看我的私人物件，甚至包括我的手机短信——噢，她不会看见我和岛奇的通话记录了吧？

我保持沉默，沉默是最好的武器。秋葵见我不开口说话，先是生气，后来她也觉得无聊透顶，只好继续跟我说话。

“嘿，我找到一份周末兼职的工作，你去不去？”

“当然去！”我需要钱，我来地球这段时间发现“钱”这个东西好用极了，可惜每次岛奇给我的钱都不够花，所以我急需一份工作赚钱。

“那你得告诉我这把梳子从哪儿来的。”秋葵朝我眨巴眼睛，她还是没有放弃刚才的追问——噢，我真的很讨厌秋葵，她真是多事极了，可是我该怎么回答她这个问题呢，难道我骗她说是在路上捡到的？

谁知秋葵居然相信了，她说我这种气质，也不会有男人想跟我去开房。

秋葵找到的兼职是给一支酸奶广告做群众演员。广告的主角是我们学院的校花可乐儿，当她拿着一瓶饮料走出来时，我们这些群众演员就围过去，假装很是好奇她手上的小瓶子是什么，这时可乐儿就把身体摆成一个“S”型，对着镜头说：“美哒哒酸奶，让你的皮肤紧绷绷，肠道通畅畅，同学爱不停！”

整支广告就结束了。

本来是一份十分简单的广告拍摄工作，可是可乐儿总是忘记台词，要不就把“皮肤紧绷绷”说成“屁股紧绷绷”，要不就把“同学爱不停”说成“同学爱放屁”，最上一次居然把“美哒哒酸奶”说成“美哈哈酸奶”。导演生气极了，他觉得可乐儿就是故意在拖延他的工作时间。

“我的可乐儿，就只有四句台词，你能不能尽快背下来？”

可乐儿白了导演一眼，扔下酸奶就走进休息室，紧接着导演就接到一通电话，电话那头的人十分愤怒，导演好似手握一颗重磅炸弹，浑身都在颤抖。

好不容易挂掉电话，导演立刻垂头丧气地走进休息室，过了一会儿，可乐儿又喜笑颜开地走了出来。

我好奇极了，自言自语道：“那个打电话的人真厉害，居然把导演训成这样。”

秋葵朝地上吐了一口唾沫，说：“还有谁？肯定是可乐儿的亲爹啊，美哒哒酸奶就是她爸爸生产的。”

原来如此，难怪导演会用可乐儿做广告女主角，看来可乐儿家应该很有钱。

我和秋葵正在窃窃私语，可乐儿突然看了我们一眼，吓得我和秋葵立刻默不作声，谁知可乐儿只是在找现场助理，只不过凑巧的是现场助理正站在我们身后。

现场助理从随身的保温包里拿出一瓶美哒哒酸奶，可乐儿微微皱了一下眉头，闭上眼睛喝了下去。

秋葵小声地跟我说："待会儿，等可乐儿喝完，我们去捡那个瓶子，尝尝啥味道。"

"为什么要去尝她喝剩的酸奶？"

"你难道不知道一瓶美哒哒酸奶比我们俩全身衣服的总价还要贵吗？"秋葵吃惊地看着我，她觉得我居然不知道这么出名的东西，"据说只要喝一个星期，鱼尾纹和法令纹就会通通消失，喝一个月皮肤就会白里透红像婴儿一样。"

秋葵边说边砸吧嘴，她祈祷着可乐儿不要把整瓶酸奶喝个精光。

最后结果真的如秋葵所愿，现场助理把瓶子扔进了一个垃圾桶里，酸奶瓶没碎也没裂开。

秋葵吸了一口剩下的酸奶，接着递给我。

我也吸了一口，酸奶一进入嘴巴，我立刻就吐了。

结算工资的时候，导演在秋葵的大腿上摸了一把，秋葵愣了一下，接着整个人都贴了上去，哥哥哥哥地叫个不停，导演满意地点点头，从秋葵的收入里抽出一张纸币。

而他从我的钱里抽出了五张，因为他掐我大腿时我回踹了他一脚，所以我今天的收入比秋葵足足少了一半。

这就是人类的规则，实在太复杂了。

不知为何，秋葵最近开始跟我实行冷战，每天当我是空气，不肯跟我说一句话。

她以为我会感觉孤单，然后垂头丧气地去找她和好，可是我早就习惯了孤单，我一个人在月球上玩了很多年，我并不需要有人陪我吃饭、睡觉、上厕所，也不需要参加每个周末的“找男朋友”Party，我觉得那种派对好像给猪配种，无聊透顶。

不过令我感到奇怪的是岛奇也不再搭理我。我不知道是因为我在食堂排队打饭时朝他笑了笑，还是因为我在吃饭时指着食堂的电视机上的美哒哒酸奶广告大声地对旁边人说：“嘿，你们看到我没？我就是最左边穿红衣的那个人。”

总之，这个礼拜岛奇没有约我去开房，我决定去找他。

找岛奇应该不是一件难事。他是学校的大红人，我随时可以在网络上搜索到他的行踪。比如今天下午有一个女生在学校网站上发了一张图片并配上了文字：哎呀，我在图书馆三楼与我的男神相遇了，他好像看了我一眼哦。

我正准备去图书馆，可是五分钟后又有一个女生发了一张图片，图片上岛奇正在为一项剥皮皮虾大赛筹集资金。

岛奇怎么可能同时出现在两个地方？一定是这些仰慕者眼花了。

可是我居然看见秋葵发了一张奇怪的图片，图片中她的头靠在一个男生的肩膀上，虽然男生没有露脸，我却清晰地看到男生脖子上那颗黑色的痣，那颗痣让我百分之百肯定岛奇就在那家咖啡馆里。

果然不出我所料，此时秋葵正和岛奇坐在角落里喝着咖啡。秋葵眯缝着眼睛笑着，好像喝了一大杯甜滋滋的蜜糖，整颗心都含在嘴里，就差一股力推出来，送到岛奇的嘴边。

“嘿，这难道是我们学校男神岛奇的新女友吗？”我站在咖啡馆门口，大声地喊出岛奇的名字。店里的人们沸腾起来，所有人都朝着我喊话的方向看过去，岛奇立刻拿起咖啡盘遮住脸，秋葵也吓到不知所措。

人们开始对秋葵指指点点，大家不停地议论着岛奇的新女友的长相，大部分人都觉得秋葵长得难看极了。

我开心极了，转身走出咖啡馆。

等我做完这一切，一抬头，居然撞上了一个戴着渔夫帽的男人，再一细看，我忍不住发出一声恐怖的尖叫。

男人捂住我的嘴，把我拖进旁边的小巷子里。

男人掐住我的脖子，我被他勒得喘不过气来，男人越来越用力，我感觉再过几秒钟我就会失去呼吸……可是男人似乎没有多余的力气再坚持几秒钟，最后他只能放弃，用一种古怪的眼神看着我。

“你……你怎么会出现在这里？你不是应该在咖啡馆里吗？”我抬头看着男人，我刚才在咖啡馆见到他时他应该是穿着一件橘色V领毛衣，可是现在他居然换上了一件蓝色的竖领衬衣。

“这个问题不是你应该思考的，我也没有义务来回答你这个问题！”岛奇低着头，他平时跟我说话时眼神总是低到我胸下，他喜欢用这种姿势跟我说话，从来不关注我脖子以上的部分。

“那我们俩是什么关系？”我小心翼翼地问，生怕引起岛奇的不满。

岛奇却笑了笑，他靠近我的鼻子，小声且温柔地说：“你有所求，我有所需。”

“妓女和嫖客？”

“哈哈，你说是就是吧，反正以后不准跟踪我，否则你会死得非常难看，比如躺在草地上，皮肤溃烂，一颗眼珠神秘失踪……”

我捂住耳朵，岛奇却莫名其妙地在我额头上吻了一下，接着就转身消失在巷子深处。

我在原地站了几分钟，突然我发疯似的朝餐厅跑去。我看见秋葵一个人坐在椅子上，对面的岛奇却消失不见了。

难道岛奇真的有穿墙之术？

再次见到我，秋葵像是找到了一个出气筒，她隔着桌子跳了过来，一把揪住我的头发。

咖啡馆的人们刚刚平静下来，可是见到两个女人打架又重新聚拢起来，甚至还有人跟着起哄。

“你这个小贱货，居然敢破坏我和岛奇的约会！”秋葵咆哮着，恨不得把我全部头发都揪下来，我痛得哇哇大叫，正想着如何反抗，秋葵却松手了。

她看见岛奇出现在店门外，正准备开车离去。秋葵立刻抛下我冲出店门，可惜岛奇速度太快，还没等到秋葵走到他跟前，他已经开着车扬长而去，剩下秋葵一个人坐在马路边号啕大哭。

我不知道如何安慰秋葵，我只好告诉她上个月我也跟她一样坐在马路上痛哭。当时我正准备去超市买水果，突然看见岛奇牵着一个女生的手在逛街，我生气极了，岛奇却拉着女生坐上了一辆的士离我而去。

“也就是说你也是岛奇的女朋友？”秋葵吃惊地看着我，她觉得岛奇一定是被砸坏了脑子才会看上我。

“对，我们滚了一年多的床单，可是他从来没有带我去见过他的朋友，甚至在学校里见到我也不会和我说话。”我耸耸肩膀。我猜想岛奇应该不止有我和秋葵两个女朋友，可是他究竟有多少个女朋友？估计只有他心里最清楚。

我以为秋葵听到我这番话会跟我和好，哪知秋葵突然打了我一巴掌，说：“你以为你说的这些话我会全盘相信？我才没有那么愚蠢，岛奇最爱的是我，他才不会背叛我，我早就看出来了，你只不过是想挑拨我和岛奇的关系。”

我叹了口气，愚蠢的人类女人。

秋葵一脸神气地告诉我昨晚她跟岛奇去学校旁边的小旅馆开了房，她以为这样可以刺激到我。

自从她知道我也跟岛奇滚过床单后，每次跟我说话都阴阳怪气的，不知道是在感激我曝光她和岛奇的关系让她成为全校女生嫉妒的对象，还是在憎恨我告诉她岛奇其实是一位花花公子。

可是她的确刺激到我了，因为昨晚我也跟岛奇在学校旁边的小旅馆开了房。我们俩从晚上八点一直待到凌晨四点，岛奇是如何跟秋葵在另一间房间里滚床单的呢？

要么是秋葵撒谎，要么就是岛奇有分身之术。

“我撒谎？哈哈，你这种姿色的女人怎么会明白爱情的魔力，岛奇可是亲口对我说爱我爱到要死。”秋葵双手叉着腰，像一只想要打架的火鸡。

我翻了翻白眼，从包里掏出一把红唇旅馆的梳子，假装对着镜子梳头，却故意把旅馆的LOGO对着两眼冒火的秋葵。

“你昨晚究竟去哪儿了？”秋葵生气极了，她觉得我最近的行踪很诡异，很多个晚上她都发现我不在宿舍睡觉。

“我要是说我和岛奇约会去了，你信吗？”

“不可能，岛奇昨晚跟我在一起！”秋葵一把抢过我的梳子，我也不甘示弱直接扯下秋葵头发上的发箍。我们俩开始打斗，把宿舍里能砸的东西全都砸光了，包括阳台上的花盆。

秋葵本来想把花盆砸到我头上，结果我头一偏，花盆从我脸边飞了出去，砸向了楼下，我感觉应该是落在了一块硬邦邦的铁块上。

很快，我就听见一个女生的尖叫。

我和秋葵赶紧伸出脑袋去看。天啦，花盆居然砸中了可乐儿的车，她会杀了我们俩。

果然，紧接着我们就听见有人敲门。我们俩还在犹豫要不要开门的时候，整扇门就被一把电锯锯开了，可乐儿怒气冲天地站在门口，手上拿着一把正在运作的电锯。

“是谁扔的花盆？”可乐儿仰着下巴，用鼻孔打量着我们俩，突然她眼睛里冒出一丝火花，“哎呀呀，这不是那个自以为很漂亮的秋葵吗？”

“我也不丑呀。”秋葵忍不住狡辩一下，谁知这句话却让可乐儿更加感兴趣，她索性走了进来，一屁股坐在秋葵的床上。

“我还真没见过你这么不要脸的女人，难怪岛奇说再也不想见到你了。”

“你撒谎，岛奇才不会这样说！”秋葵生气了，她往前迈了一步，但是又不敢靠可乐儿太近。

“昨晚岛奇亲口在我耳边说的，他说你长了一对外八胸，腿毛还没有剔除干净，玩一次就没兴趣了。”可乐儿把两条腿交叉放在一起，远看好像两根白色的麻花，“昨晚我们俩单独待了一整晚，岛奇还帮我按摩背部，他的手法实在太娴熟，舒服得我差点儿就睡着了，不过最后岛奇提议一起去泡澡，要不我今天就得后悔了，哈哈。”

我和秋葵大吃一惊，岛奇昨晚怎么可能又和可乐儿在一起？

可乐儿却不知道内情，她继续大声炫耀昨晚她和岛奇的甜蜜细节，她以为这样可以刺激到秋葵，她哪儿知道这时我和秋葵都开始思考另一个更加复杂的问题。

见到我和秋葵不再吱声，可乐儿自己也觉得有些无趣，只好从秋葵的床上站起来。我以为她会径直走出大门，谁知她却走到秋葵的面前。

“我待会儿去修车，我会把账单寄来你这里，麻烦你尽快把钱打我账上，否则你会死得很难看。”

“你的车那么贵，我怎么赔得起？”秋葵快要哭了，她意识到这次她闯下了大祸。可乐儿却乐了起来，她就是想看到秋葵这副可怜兮兮的模样，她甚至还拍下了秋葵哭泣的照片，她说要发到网络上给全校同学欣赏下这位自认为是岛奇女朋友的人有多狼狈。

三天后秋葵死了。

一大清早，她被人发现躺在草地里，皮肤溃烂，左眼眼珠莫名其妙地失踪。

我是在图书馆听到这个消息的，当时我正在看一本名叫《自杀俱乐部》的书，我正准备快速翻到结尾，却被一阵急促的手机震动声打断。

给我打电话的是警察局，他们希望我能配合他们的调查。

“根据调查我们得知你是秋葵在学校最好的朋友，是吗？”

“算是吧。”

“你能否告诉我们秋葵出事前的一些细节。”

“那天秋葵睡午觉醒来之后突然变得很沮丧，她说她要去找岛奇问个究竟，可是岛奇明明约了她晚上七点在校门口见面。我劝她不要这样做，因为可乐儿在网上发了一张和岛奇约会的照片。可是秋葵执意要出门找岛奇，还换上了一双新买的高跟鞋，然后我就没了秋葵的消息。”

“哦……”问话的警察若有所思，接着他又开始问我关于岛奇的问题，我不想把自己牵扯进去，于是我转移了话题。

“你们为什么不去调查可乐儿？上个礼拜秋葵浇花的时候不小心把花盆砸在她车上，她冲进我们宿舍和秋葵大吵了一架。”

警察双眼发亮，这的确是一条十分有价值的线索。

警察找到可乐儿的时候，她正在电视台演唱美哒哒酸奶广告的主题曲。本来可乐儿演唱完歌曲就会接受一个采访，可乐儿正准备趁此机会宣布自己恋爱了，可是还没有等她唱完歌曲，警察就冲了进来，要求可乐儿去警察局做调查。

于是，第二天见报的新闻标题由“美哒哒乳业集团董事长千金可乐儿宣布结束单身”变成了“美哒哒乳业集团董事长千金可乐儿可能涉嫌一场情杀案”。美哒哒乳业的股票因此跌停，可乐儿的父亲立刻给警察局局长打电话，请他务必保证他女儿的清白——虽然他也无法确定可乐儿有没有杀人，他只知道自己的女儿的确挺任性的。

可乐儿当然觉得冤枉，她真的有动过杀害秋葵的念头，可是她并没有把这个念头付诸实践。

“我可是美哒哒乳业集团董事长的女儿，你们可别随便给我扣罪名。”

“我们只是尽责调查。请问秋葵跟你产生纠纷是不是因为一位男同学？”

“放屁！”可乐儿气疯了，这名不长眼的警察居然说她和秋葵抢男人，“她那种姿色最多就是岛奇的免费发泄对象，我才是岛奇的正牌女朋友！”

警察立刻在笔记本上记录下这一段有用的话。

“也就是说秋葵出事的那一晚岛奇一直跟你待在宾馆里，你们都做了些什么？”

“拥抱，接吻，脱去彼此的衣服，还用往下说吗？”

“不用了。”警察意识到门外有人时提问已经结束，可乐儿面无表情地站起来，拎着她的小包走出警察局，途中还补了一下口红。

警察局门口停着一辆车，岛奇正坐在车里等她，可乐儿立刻扑了上去，刚涂上血腥色的嘴唇在岛奇脸上狠狠地蹭了一下。

“这对不要脸的狗男女。”我在心里骂了一句，一回头居然撞见了岛奇。

这次我没有上次表现得那么惊讶，可还是心存怀疑，我猜测是岛奇是不是有双胞胎兄弟，不，是三胞胎兄弟，所以才可以在相同的时间和不同的女人约会。除此之外，我想不到其它任何合理的解释。

“不对，我就是岛奇，他也是岛奇，杀死秋葵的也是岛奇。”岛奇微笑着跟我解释。他邀请我和他一起去喝咖啡，我不敢拒绝他，只好跟在他身后朝咖啡馆走去。

岛奇点了一杯薄荷柠檬汁，我要了一杯热可可。今天天空上的云朵居然是火红色的，像是草莓味儿的棉花糖。

岛奇漫不经心地搅动着杯子里的薄荷叶，过了一会儿，他才开口说话，他这段话很长，我花了很长时间才理解其中的意思。

大概是这样。

“所有的岛奇都是真实的，只不过 A 岛奇是前天的岛奇，B 岛奇是昨天的岛奇，而和你喝咖啡的岛奇或许是后天的岛奇……人类总体来说是宇宙里比较低能的生物，但是每过几百年总是会诞生一个天才，比如爱因斯坦，他提出一个平行宇宙的概念。这是一个非常有趣的概念，可惜大部分人都不知道这个概念的有趣点在哪里，大多数人都只是为了考试来背诵这些概念……当我超光速回到过去就可以和你谈恋爱，紧接着我又超光速回到未来，又可以和可乐儿上床，你觉得这是不是很棒的体验？”

“可是你是怎么做到超光速的？”

“哈哈，那你是如何进入地球的？”岛奇压低嗓音靠近我，我浑身一颤，岛奇怎么知道我是从其他地方来的？

“德芙早就被我开车撞死了，我不知道你为何会和她长得一模一样，但你绝对不是德芙，也不是地球人，否则那天在巷子里我早就掐死你了。”岛奇喝完薄荷柠檬汁，眼睛微微眯着看着窗外行走着的人们，“我之前说了，人类普遍智商低下，但是不能否认还是有天才的存在。我不是天才，我只是知道如何在时间中穿梭。”

我眨巴了几下眼睛，眼前的岛奇渐渐变得模糊，恍惚中他好像变成了一团气体，可是等我回过神来的时候，他依然正儿八经地坐在我面前。

接着，他起身告别，顺便亲吻了一下我的额头，这已经成了一种我们俩分别的仪式。

我是去报警，还是要告诉可乐儿关于岛奇的阴谋？可是他们会相信我吗？

可乐儿和岛奇可是正处于热恋期，我要是告诉她那个每天跟她甜言蜜语的男人是昨天的岛奇，她会不会拿电锯把我的脑袋锯开？

噢，谁来拯救我的大脑，我感觉我的大脑里堆满了无数个问题。比如，为什么岛奇要撞死德芙？为什么岛奇要杀死秋葵？他下一个谋杀对象是我还是可乐儿？

不会是我，我不是人类，我不会死亡，岛奇无法杀死我。可是他内心十分希望我死亡，因为我看见了不属于我的岛奇。

对，就是这样。德芙和秋葵应该都是看见了跟其他女生约会的岛奇，所以才会遭到迫害。

岛奇究竟在害怕什么？他是担心被人知道他花心的秘密，还是担心被人发现他有能够分身的特异功能？

今晚学校的小礼堂有一场音乐会，可乐儿会表演一段钢琴独唱。我想如果我假装在后台帮忙清理演员的化妆台，应该可以跟可乐儿说上几句话。

可乐儿今晚穿的是一件肉粉色的束腰长裙，头发全部挽在脑后，露出洁白且修长的脖子——她的确是一个美人儿，她一出场，全场的男人们都开始尖叫。

可乐儿做了一个“嘘”的手势，等人们安静下来，她才开始唱歌。

《小暗恋》

我最近在想什么？

你猜得到吗？

你猜得到吗？！

你肯定猜不到

这种小奇妙让我每天开心着

却，又担心着

我担心被你猜到

又担心你永远猜不到

上帝一定是吃了一颗甜滋滋的巧克力糖

才会突发奇想让我遇见你

然后，你就这样毫无预兆地蹦出来

不对呀

是我先看到你的

是我蹦进你的世界里

吓坏你，也吓坏了我自己

“这首歌我要送给我的男朋友岛奇先生，谢谢他一直以来对我的爱恋。”可乐儿甜蜜一笑，目光投向观众席前排的座位，可是令她失望的是她并没有见到岛奇，可乐儿的脸部肌肉开始抽搐，她生气极了，我觉得她很快就会跑下台给岛奇打电话。

“别生气，美丽的可乐儿小姐，我来告诉你岛奇去哪里了。”我悄悄地跟可乐儿耳语。可乐儿气得肺都要炸了，迅速朝学校隔壁的小旅馆跑去。

此时，不知道是昨天还是前天或者是后天的岛奇正在跟一个大胸女生滚床单。可乐儿一把揪住大胸女生的头发，就好像秋葵当时揪住我的头发一样。可惜大胸女生的反应比我快，她一翻身就把可乐儿压在身下，一口咬住可乐儿的肩膀，可乐儿发出痛苦的叫声。

两个女生厮打在一起，而当床上的岛奇正准备逃离时，今天的岛奇突然从门外走进来。

噢，忘记说了，音乐会开始时我给坐在观众席上的岛奇递了一张纸条，上面写着：亲爱的，我演出完去学校隔壁的旅馆休息一下，爱你的可乐儿。

虽然我尽量模仿了可乐儿的笔迹，但是我依然担心岛奇不会相信这样的小把戏，我更加担心所有的岛奇们会交换彼此的信息。

幸运的是岛奇们并不知道彼此的约会时间。所以当今天的岛奇跑去小旅馆与可乐儿见面时，床上的岛奇爆发出恐怖的尖叫，还没等大家反应过来，岛奇们就被空中某个物体慢慢吸收了，直至完全消失不见。

警察无法对岛奇的死亡下定义，他们只能安慰好奇的大众：岛奇只是失踪而已。

但是大胸女生却坚持自己亲眼见到两个岛奇。

“警察先生，请你们相信我说的话，两个岛奇都被空中一个神秘物体吸走了。”

“可是跟你在同一间房的可乐儿小姐却说你在撒谎，我们也查看了旅馆的监控录像，的确只见到你和岛奇两个人进入房间。”警察摇摇头，他想带大胸女生去做一下精神鉴定。

第二次从警察局走出来的可乐儿再也不在人前提起“岛奇”这个人，我还以为她故意想要把岛奇遗忘，可是在我们毕业的前夕，她突然找到我。

“德芙，岛奇没有背叛我，那个跟其他女人上床的岛奇不是真的他。”

我好想告诉她：你知道吗？岛奇死亡的真正原因是因为他见到了他自己。

Chapter 02

造梦记

这是一个极其糟糕的雨天。

对，糟糕透顶。我连袜子都被雨给淋湿了，还有我的裤腿，我实在不明白我为什么要穿一条卡其色的毛呢裤子出门，以至于我的裤腿上布满了小泥点。一开始我还用手绢细心地擦掉，后来泥点越来越多，我索性放开步子大步往前走。

我要去一家建筑师事务所面试。

我是在报纸的夹缝里看到事务所的招聘广告的，它的原文是：嘿，如果你想为一名患有轻微洁癖症的建筑师打杂，请到这个地址来面试。

招聘广告上居然没有留下电话号码，不过我还是决定前往它刊登的地址面试。在等地铁的时间里，我吃掉了整整一块巧克力，这本来是我的晚饭，现在离晚饭时间还有四个小时，我却因为心情极度暴躁而不得不提早吃掉自己的晚餐。这样想着，我再一次陷入悲伤的情绪里，我最近穷得厉害，噢，我真是无可救药了。

这家建筑师事务所位于郊区的一幢大楼里，我从公寓出发花了一个多小时才到达它的附近，我还得再花上一段时间去寻找这幢大楼。便利店里的老太婆在我购买了一杯难喝的热可可之后告诉我，如果我沿着那条右边种满灌木的马路一直往前走，大概还需花上四十分钟的时间，不过如果我愿意从灌木丛里穿过去，或许只需要十五分钟，但是我有可能会遇上一些死老鼠，或者踩到一些狗拉的大便。

庆幸的是我并没有遇见死老鼠，而且我还成功地避开了狗拉的大便。

开门的是一位驼背的老头，他拿着放大镜看我的简历，然后极其艰难地念出我的名字："德……德……芙小姐，对吧？"

"是的，我是德芙，你也可以叫我巧克力，不过我更喜欢大家叫我德芙小姐。"我为什么要跟一个看门的老头说这么多废话？我一定是被这该死的天气弄糊涂了。

"乔木在楼上，你进门之前麻烦敲三下门，三下就足够了。"

我整理了一下衣服，顺便用手把额头的刘海抓整齐。驼背老头一直在盯着我，我转过身看他时，他却假装背过身轻轻咳嗽了几声。

"笃，笃。"

"还差一声！"里头传来一个男人的声音，估计三十来岁的样子，或者更年轻。

"笃。"

"你可以进来了。"

一个穿着灰色衬衣的男人侧身坐在桌子前，我进来的时候他正在聚精会神地盯着电脑屏幕，我只好自作主张地找了一把椅子坐了下来，男人也没有说话。

过了一会儿他告诉我柜子里有一些研磨好的咖啡粉，如果我想要喝咖啡的话，可以自己去煮一点儿。

"你会做红茶拿铁吗？"他随口问我。

"可以试试，不过不一定好喝。"

"那你试试吧。"男人继续埋头工作，我想他一定在赶一份设计图，所以他实在没有时间跟我说话。好在他把所有喝的东西都堆在他对面的柜子里，我很快就找到红茶和牛奶，咖啡壶里还有一些喝剩的咖啡，这已经足够了。

等到我把红茶拿铁端到他面前时，我才发现他只是在上网浏览一些卖二手唱片的网站。

“你介绍一下自己吧。”他喝了一口红茶拿铁，似乎很对他的口味。

“我叫德芙，今年二十二岁……”

“够了，你把你简历的最后三行念一遍给我听。”他突然打断我，让我措手不及。我简历的后三行写的是我荣获了把甜甜圈扔进狗窝里且不被狗咬伤比赛的三等奖，那是我大学参加的唯一一次比赛，让人意想不到的是我居然还获奖了！

当然，我肯定不会告诉乔木那次比赛总共只有四个人报名，其中一个学生因为拉肚子无法赶到现场，所以到场的三个人都获奖了，奖品是十个甜甜圈。

“听起来好像很有趣的样子，看来你的眼力不错，臂力也还算OK，还能迅速躲开生气的狗，至少我做不到这点。”乔木认真地打量着我，突然他把注意力集中在我穿着的毛呢裤子的裤腿上，接着他就皱起眉头，一副不太高兴的样子。

“我不会画图，而且我从来都没有学过设计，今天的天气也很糟糕，不是吗？”为了转移他的注意力，我只好随便扯一些话来打破我们之间的沉默，结果这样做的效果更加差，乔木居然只是轻轻地发出一声“哦”，便继续浏览他的二手唱片网站去了。

他似乎不想和我说话了。

他还没有跟我谈我的薪水和福利呢。

我傻傻地站在他的办公桌前面，其间我接了一通电话，是我父亲打过来的，他说他昨晚赌牌输了一大笔钱，如果我方便的话，他希望晚上可以来我住的地方看看我。

我朝天花板翻了一个漫长的白眼，我非常想告诉他我现在口袋里只剩下可以付房租的钱了，可是他还没有等到我开口就迅速挂掉了电话。

于是我只能继续朝着天花板翻白眼，顺便用右手不停地抠左手指甲。

“我最讨厌抠指甲的人了！难道你不会开口向我借一个指甲剪吗？”乔木突然转过身，鼓起眼睛瞪着我。

“对不起先生，我以为你很忙，所以不敢打扰你。”我立刻吓得缩成一团，我预感他会暴跳如雷。

“我可以给你这份工作，我也可以给你很多钱，甚至你还可以享有一年五天的带薪假日，麻烦以后不要用手抠指甲了。”乔木用手托着下巴，继续鼓着眼睛瞪着我。我不知所措起来，我原本打算待会儿去买份报纸再找找招聘信息的，不过现在看来似乎不太需要了。

“你明天十点过来上班，以后不要穿这条裤子了，它裤脚上的泥点让我的密集恐惧症又发作了。好了，你可以回去等你父亲了，顺便告诉他你还没有发工资。”

我张大嘴巴看着乔木，他却把头扭回去继续对着电脑屏幕。

面试通过！

翌日，九点四十五分，我出现在乔木的工作室里。他正在吃早餐，他似乎很喜欢巧克力酱，整块面包片上都被涂满了褐色的巧克力酱，面包片的边上也涂满了。

“早上好，乔木。”

“你来早了，这是不允许的。”乔木咬了一口面包，巧克力酱沾在他的胡须上，碰巧乔木需要接一通电话，那些巧克力酱就又跑到他的衬衣领子上。

“这一定是一种不祥的预兆！”乔木挂完电话之后生起气来。那仅仅是一通推销香皂的无聊电话，对方说了好长一段开场白才表明意图，乔木觉得自己被戏弄了，索性把面包扔在桌面上，在他身后的柜子里找寻一件新的衬衣。

我不知道我要做什么，只好开始收拾桌子。乔木建议我把整袋方块面包都扔了，我却偷偷把它藏进了壁橱里。

我打算待会儿用方块面包裹着香蕉，再蘸点儿蛋黄液用平底锅微微煎一下，之前我就是这样处理过期的面包的，味道好极了。

“德芙，麻烦你准备一下笔和纸，待会儿王肉桂就过来了，她可是一个非常麻烦的女人，如果你无法快速在她的废话里记录下重点，你一定会被她骂得狗血淋头。”

话音刚落，门铃响了。

驼背老头慢腾腾地把门打开，门外那位太太立刻高声责备驼背老头慢手慢脚：“老头，你该进厂维修了！”她边上楼边高声说道，高跟鞋和地板接触发出刺耳的“笃笃笃”声，我猜想王肉桂应该是一个胖子。

果然，她是一个胖子，一个穿着黑色紧身裙的胖子。裙子领口处镶着一圈白色蕾丝花边，这让我想起蛋糕店橱窗里那些甜腻的巧克力蛋糕，蛋糕师喜欢用白色奶油在蛋糕最外围做花边，或许这条裙子的设计灵感就是来源于那些蛋糕吧。

乔木拿着中指敲了敲桌面，提醒我把思绪从蛋糕里扯出来。

“这该死的天气，弄得我的扁桃体又开始发炎，我正在考虑要不要把它割掉。我去年割掉了阑尾和一半的胆，这两次手术让我一下子就掉了五磅肉，可是今年年初我又长回来了，咳咳，看来今年圣诞舞会要想穿去年那条紫色的长裙，我必须再去动一次手术，可是我身上还有哪些器官是可以割的呢？这个问题实在太复杂了，我曾经考虑过我的子宫，但是医生说它会制造高潮时需要的黏液，噢，那可是一个非常有用的东西，不是吗，乔木？”

“你为什么不直接去做抽脂手术？它会让你瘦得更快一点儿。我见过一个做过抽脂手术的女人，她让医生把肚子上的脂肪全部堆砌在胸部，让她看起来像橱窗里的芭比娃娃。”

“我每年都会做抽脂手术。”王肉桂白了我一眼，这预示着我们俩的对话到此为止。

今天气温比昨天还略低一些，乔木让驼背老头把壁炉里的柴火给点燃，我想驼背老头一定把这件事给忘记了，他真的该进厂维修一下了。

乔木推开身后的书架，原来它是可以移动的，太神奇了！王肉桂扭着硕大的屁股走了进去，我跟在她后头，不敢再吱声。

“乔木，我今天需要吃三颗小药丸，最近失眠得厉害。”王肉桂熟练地躺在一张白色的贵妃椅上，乔木从透明的罐子里倒出三颗白色药丸，顺便又给王肉桂倒上一杯白开水，让她冲服下去。

“好了，现在时间是十点一刻，如果你临时想加长梦境，可以去咖啡馆左边的角落找我的秘书，德芙。”乔木指了指我，“德芙，我帮你点了一杯柠檬红茶，如果你喜欢可以让服务生帮你再做一杯，不过你不能随便走动，如果发生任何情况，你就按响椅子旁边的报警器。”

“乔木，我不太明白你在说什么？这是在演戏吗？为什么我也需要参与进去？”

乔木没有给我答案，只对我做了一个“嘘”的手势，接着王肉桂开始发出一连串的呼噜声，她的头顶上出现一片小云朵，渐渐地，云朵越来越大，最后超过了王肉桂整个人的大小。

乔木摊开笔记本电脑，调出咖啡馆的三维立体图，并用鼠标点击了“导出”按钮，云朵里立刻出现了咖啡馆的三维立体图。

“我需要把咖啡馆的入口调整一下，否则待会儿拿铁先生不可能拿着一个巨大的箱子走进来。”乔木一脸严肃地对着电脑屏幕说，“德芙小姐，麻烦你往后站一点儿，站在那片云的影子里，哎呀，你应该慢点儿迈腿，我忘记告诉你影子的传送速度是很快的。”

我像是掉进了巨大的鸭绒被芯里，周围漂浮着一些小模型，比如房子、小轿车和一些小人偶，我在右上角发现了一张 Felix Leclerc 的唱片，这不就是乔木昨晚正在找寻的东西吗？

突然，鸭绒被芯开始顺时针旋转起来，一开始只是缓慢旋转，渐渐地，速度越来越快，我感觉我整个人都快要四分五裂时，旋转终于停止了。

等我回过神来时，我居然出现在一家咖啡馆里，咖啡馆里正在放着 Felix Leclerc 的《Le petit bonheur》。

窗外的天气真好，不冷不热，云朵像是粉红色的棉花糖，棉花糖下面是一家墨绿色的咖啡馆，客人们坐在咖啡馆里喝着咖啡、窃窃私语。

看起来跟我平常去的咖啡馆没有任何区别。

我正欣赏着音乐，咖啡馆的门突然被撞开了，一个穿着黑色紧身连衣裙的女孩走了进来，她身材修长，前凸后翘，要不是她领口那一圈白色蕾丝花边，我都无法辨认出她是王肉桂。

仿佛事先排练好的一样，她一进咖啡馆，整间咖啡馆里的男人们都发出了“哇”的惊叹声，女人们则抛出妒忌的眼神——王肉桂要的就是这样的效果，无论她走到哪里，都必须是人群里的焦点。

“给我来一杯加冰的薄荷糖浆，可以吗？”王肉桂的声音好听极了，像是风铃摇动的声音，如果她愿意多付一些费用，乔木还可以把她的声音变得像百灵鸟般清脆。

“为您服务是我这辈子最大的荣幸。”系着粉色领结的服务生颤抖着把饮料递给王肉桂小姐，由于过分紧张，差点儿就把那杯饮料泼到王肉桂小姐的身上。

王肉桂小姐得意地一笑，一不小心露出肥嘟嘟的牙肉，我想她对面如果有一面镜子，她一定觉得自己这副模样难看极了。

Felix Leclerc 这首歌还没唱完，咖啡馆的大门就又被打开了，一个戴着黑框眼镜的男生抱着一只硕大的纸箱闯了进来。

“拿铁先生？你怎么会出现在这里？”王肉桂小姐夸张地转过身，嘴巴张成一个巨大的“O”型，以至于我都可以看见她的扁桃体在颤抖——真希望王肉桂把它割掉，的确长得很难看。

“我我……我想给你一个惊喜，可是这个惊喜实在太大了，我都快扛不动了。”拿铁先生把箱子扔在地上，从口袋里掏出一把小刀，轻轻划开箱子表层的胶带，箱子里立刻飞出五颜六色的气球。

好无聊的桥段，可是王肉桂小姐却像吃了兴奋剂一样，踩着脚尖叫起来。

“太美了，我太喜欢这份礼物了。”王肉桂小姐迅速跳入拿铁先生的怀里，两条腿夹住拿铁先生的腰，对着拿铁先生的脸蛋狠狠地啄了一口。

远远地看，她像一只发情的青蛙。

拿铁先生愣了一下，很快他也回吻过去，Felix Leclerc 的声音慢慢变大，他们俩开始一个极其漫长的法式热吻。我在旁边看着感觉无聊极了，柠檬红茶已经喝完了，我让系粉色领结的服务生给我换别的饮料。

“对不起，今天只有加冰的薄荷糖浆和柠檬红茶。”他耸耸肩膀，顺便低声告诉我乔木并没有设计他跟我的台词，如果被乔木发现他私自跟我说这么多话，他会被扣工资的。

人偶还有工资？真是太奇怪了。

“可是菜单上明明还有卡布奇诺。”我指着他身后的黑板，上面写满了今日供应的饮料品种。

“但是柜子里一颗咖啡豆都没有，而且我也没有找到可以烧水的壶。”服务生继续耸耸肩膀。我有点儿生气，于是让他给我从玻璃柜台里拿一块蛋糕。

“对不起小姐，我不能给您拿蛋糕，乔木并没有指示我这样做。”他还是拒绝我的请求，我愤怒极了，拿着空杯子砸了过去——我只是想吓吓他，没想到这个服务生居然被我砸晕了过去。

我吓得尖叫起来，一不小心触动了报警器，整间咖啡馆开始旋转起来，我看见王肉桂愤怒的眼神，后来我才知道如果不是我捣乱，她待会儿就会和拿铁先生躺在铺满玫瑰花瓣的心形床上。

我想乔木一定会把我炒掉的。

“对不起，乔木，我不知道那些人那么不堪一击！”我把脑袋低到毛衣领子里。谁知乔木并没有生我的气，他只是不停地赞赏我做的面包香蕉卷好吃极了。

“应该蘸点儿巧克力酱，味道会更不错。”

“可是王肉桂她……”

“不用管她，我才不想看到她和拿铁先生滚床单的画面。”乔木连续吃了四块面包香蕉卷，直到他打了一个巨大的饱嗝，“她每个礼拜都会过来找我造梦，她才不会介意少一次滚床单的机会。”

原来乔木是一位建造梦的设计师，可是他除了那张脸看起来略长了一点儿，其他部分跟普通人没有任何区别。

我怀疑乔木是在使用巫术，如果被警察发现恐怕要面临牢狱之灾。这样的担心让我第二天拒绝去工作室上班，乔木也没有给我打电话，我以为他一定会继续招聘新的助理。

第三天的中午，我接到一通电话，打电话的是我的父亲，他在电话里大声地告诉我待会儿他就会过来拿钱，如果我躲着不见他，他就告诉我的房东我患上了严重的痢疾，那么，房东就会把我连同我的铺盖一并扔到大马路上。

我真不该把我的电话和地址留在家里的电话本里，我的本意是希望我的母亲不用担心我一个人居住，结果这么长时间我的母亲根本没有给我打过一通电话，倒是我那个酒鬼父亲隔三差五就会找我。有一次他甚至带着一个女人过来找我，那个女人穿着肮脏的长裙，头发里还夹杂着一些杂草，昂起下巴高傲地看着我。

“你要是告诉你母亲你今天看到的一切，你就死定了！”我父亲威胁我，并且拿走了我口袋里所有的钱，甚至包括我的房租。

我担心他今天又会拿走我的房租，可是我能躲去哪里呢？

于是我告诉我的父亲，我找到一份新的工作，他可以去找我的新老板预支我的工资，我的父亲立刻把电话给挂了，我猜想他一定迫不及待地要去乔木的办公室。

我想乔木一定会帮我处理好这件事情，他连王肉桂这样麻烦的女人都能应付，更何况是我的父亲。

我依然有些愧疚，毕竟我本来打算不去上班的。后来我的父亲的确很长一段时间没有来找过我——一定是乔木帮我解决了这个问题，我太感激他了。

不过，看起来我的父亲似乎很喜欢那个穿着肮脏裙子的女人，而不是我那个瘦削且喋喋不休的母亲。

我想她大概也猜到了父亲连续数月不回家的原因了。

顺便，我也说服自己回去上班，至少乔木不是一个坏人。

王肉桂果然又来了，这次她要求在海中间建造一幢玻璃房子，她的角色变成了一条美人鱼。

“可是亲爱的肉桂小姐，美人鱼可没法和小伙子滚床单。”我好心提醒她。王肉桂沉思了一会儿，说那就在她快要滚床单的时候让她长出两条腿。

只要她给足够的钱，长出四条腿都可以，这是乔木的原话。

在我们继续探讨的过程中，王肉桂接了一通电话，这通电话让她的面部表情僵硬起来。过了一会儿，她气呼呼地挂掉电话，接着，她又气呼呼地拨出一通电话，电话那头应该是她的助理。

“我就知道陈橙汁不会同意更换广告台词，这种锥子脸的女明星变脸简直比变天还快。呸！我居然被她弄得心情不好，这实在太可笑了。”王肉桂狠狠地朝地上吐了一口唾沫，我转过身，假装没看见，“换掉她我们需要付多少违约金？啊……这么多？该死，她最好待会儿走秀的时候直接从楼梯上掉下来摔死，我可不想再跟她假装好闺蜜出现在镜头里。”

王肉桂说的陈橙汁难道是地铁广告里的那位代言美恰恰口红的女明星吗？

“对，就是她，她已经做了三年美恰恰口红的代言人，不过明年我绝对不会和她续约，事实上她最近打了美容针导致面部肿胀僵硬，但是她欺骗那些没大脑的粉丝说面部僵硬是被马蜂蜇伤的。哈哈，居然还有粉丝把蜇伤药膏寄给她，这是我听过最好笑的笑话。”

王肉桂笑得前仰后合，好像已经忘记刚才那通不愉快的电话。

“我得带陈橙汁来工作室造梦，我想她一定会喜欢这项服务，她一开心就会答应我更改广告词的要求了，我可不想下一季度的销售受到任何影响。”

乔木点点头，对他来说，这仅仅是一门生意。我却异常兴奋，恨不得告诉我认识的所有人，我马上就可以见到陈橙汁了。

不过当我真的见到陈橙汁时，我却失望极了——矮，比电视上看起来矮了一大截，身高最多到我下巴这个位置；罗圈腿，却搭配一件宽松的破洞T恤裙，把小腿显得非常粗壮，而且整个人一副没精打采的模样，黑眼圈非常严重。

“我能抽根烟吗？”陈橙汁打了一个哈欠，朝着天花板翻了一个白眼。

“当然，不可以。”乔木指了指我，“我的助理患有严重的烟雾过敏症。”

我郑重其事地点点头，事实上我偶尔也会抽烟。

“那给我一杯黑咖啡，不加奶，但我需要很多糖。噢，糖会让我发胖，算了，给我加一小勺糖吧。”陈橙汁脱掉靴子，躺在沙发上，很快就睡着了。

她醒来的时候已经是傍晚了。

“来，谈谈我的梦。”她伸了一个懒腰，露出性感的锁骨。

“我们这里有一些梦的模型，你可以先挑选一下。我个人会比较喜欢这款以空中宫殿为背景的梦，这也是大部分女性客人的偏爱。我们会把你设计成一位仙女，拥有神奇变装术的仙女，可以让所有见过你的脸的人都爱上你……”

“打住！”陈橙汁打断我的介绍，“我不喜欢这个模型。”

“那就改成受虐的戏。你被一个帅气的男人捆绑在浴缸里，旁边点着两根巨大的蜡烛，烛光里男人慢慢撕掉你的衬衣……”压力过大的名人都喜欢被虐的梦，这好像是这群人的通病，我猜测这种受虐的梦可以缓解他们的焦虑。

“不要，我也不喜欢这个模型。”陈橙汁微微皱眉，快速地翻看着电脑里的模型，最后她扔掉鼠标，“不喜欢，都不喜欢，我需要定制一个新的梦。”

“收费会比较高哦。”

“我有钱，我有很多钱，难道我看起来像没有钱的女人吗？噢，一定是我这该死的发色，我跟发型师说了很多遍，我不适合这种枯黄的发色，可是他每次都喜欢把我弄成这般模样，我真该换掉他，不，我下午就得换掉他。”

陈橙汁絮絮叨叨地说了一大通，最后我不得不提醒她还有一个小时我就得下班了，她这才回到正题上。

陈橙汁要求梦里出现一片一望无际的草原，草不能是绿色的，必须是枯黄的，就像她头发的颜色。草原必须保持时刻有风吹过，风的声音要像是从空心海螺里发出来的。

“人物呢？”

“没有角色。”

“那你呢？”

“我站在草原上，这样就可以了。”

我和乔木大吃一惊，陈橙汁却郑重其事地跟我们签下造梦合同。

天空是死灰的颜色，感觉好像随时都会出现暴风雨，陈橙汁背对着我们站在草原上——就这样，她就是需要这样的场景，她足足站了两个小时，这真是一个漫长且枯燥的梦。

“陈橙汁，你需不需要一把椅子或者一张沙发？”我觉得简直不可思议，一位红得发紫的明星居然喜欢这样一个无趣的梦境。

“不用，你可不可以给我一件披肩？我觉得我的锁骨很冷。”

第二天陈橙汁又来了，依然是做这个无聊透顶的梦。

乔木无暇搭理陈橙汁，他正在设计王肉桂的“初恋之梦”。王肉桂想要把自己变成一位穿着束身长裙且喜爱打网球的十六岁少女，暗恋她的男人是她的家庭教师……王肉桂希望他们可以在画室的地板上进行滚床单游戏。

陈橙汁好像对滚床单这项活动一点儿都不感兴趣，甚至她好像对男人都不感兴趣，虽然每天我都会在报纸上看到她的花边新闻，还有她那张精致的脸蛋——其实她素颜和她化妆没有任何区别。王肉桂说那是因为她整张脸都是假的，三年前的她和现在的她分明就是两个人。

三年前陈橙汁还是一张大饼脸，鼻子两旁长满了雀斑，笑起来的时候可以看到嘴角边的两个浅浅的梨窝——我也有一对梨窝，从这点来看我对她还是存在一丝好感的。

“她可是一个小结巴，说话的声音像一只瑟瑟发抖的小母鸡。”王肉桂举起左手，欣赏着她新做的水晶指甲，“要不是我把她介绍给橄榄油先生，她到现在还在指甲店给人家画指甲，可惜陈橙汁并不是一个懂得知恩图报的人。”

橄榄油先生是陈橙汁接拍的第一部戏的制片人。陈橙汁在第一部戏里还是一个平胸女人，走路的时候迈着外八字的步子，不过我很喜欢那部戏，我到现在还记得片名——《我要把你的头骨藏在我的鞋柜里》。陈橙汁在这部戏里饰演一名洗衣工，每次她帮雇主洗完衣服都会用沙哑的声音唱一首歌：

《我要把你的头骨藏在我的鞋柜里》

每颗草莓都有前世今生

所以当你把一颗草莓放进口里时

请不要忘记替她许一个心愿

我希望我手上这颗草莓来世变成一颗巧克力豆

不过它告诉我来世想做一个女人

一个大胸的女人

一个拥有棕色头发的女人

一个喜欢涂紫色指甲油的女人

她想变成女人和楼上的榛果先生约会

噢……多么美好的愿望

但愿她可以实现这个美好的愿望

好了，我该把这颗草莓吃掉了

陈橙汁红了以后，她的容貌就发生了巨大的变化，连说话声音都变成了无比甜美的娃娃音，我想她再也无法唱出这样的曲调了。不过陈橙汁一直在媒体面前强调自己并没有整容：“我只是割了双眼皮，还做了牙齿矫正，就这些了。”

陈橙汁居然订做了一个月的梦，每次梦的场景都一模一样，这几天她甚至要求衣服都不用给她设计了。

“亲爱的小德芙，你直接给我一床毯子吧！”

“你的意思是你什么都不需要穿？”虽然客人们的要求千奇百怪，但是对于陈橙汁这样的公众人物，我还是十分惊讶她会要求全裸出现在梦里的。

“反正我的身体也不是我的，我的一切都不是我的。”陈橙汁打了一个哈欠，下意识地打开包掏烟盒，突然她意识到我是烟雾过敏患者，又把手从包里抽出来。

“你真的不需要设计一段爱情吗？一夜情也不需要吗？或者你有哪个喜欢的男明星，或者你喜欢上停车场的看门人，我们都可以帮你设计出来。”我不死心，我觉得陈橙汁心里肯定藏着一个巨大的秘密，而这个秘密可能跟一个男人有关系。

陈橙汁摇摇头，最近她的一部新戏正在上映，娱乐小报爆出她和这部戏的导演王啤酒关系暧昧，两个人已经发展到共住一间公寓的程度。

凭直觉，我觉得陈橙汁应该不会喜欢上王啤酒，她应该就是逢场作戏而已。

王肉桂也是这么认为：“她的脸是假的，胸是假的，一个月打一次美白针，半年打一次瘦腿针，她都这样了，还有什么地方不能让男人摸？！”

我给陈橙汁发短信，恭喜她新片上映，陈橙汁回了一个“飞吻”的表情，我正在思考怎么回复这条信息，陈橙汁却直接打来电话：“亲爱的小德芙，我们一起吃晚饭可以吗？”

“当然可以，我想说我非常愿意和你共进晚餐。”我点点头，眼睛夸张地瞪得很大。

晚饭的地点是在市区里最高建筑物的顶层，三百六十度透明落地玻璃，可以把整座城市都收入眼睛里。

“我以前喜欢的一个男人住在你能看到的最左上角的那个位置。”陈橙汁刚刚参加完一个活动，猩红的口红还未卸掉便迫不及待地点燃了一根烟。她猛抽了几口，突然想起身边的我，忙把烟头掐灭。

“那一块是贫民窟哦，听说晚上卖大麻的都摆到路边来了。”

“哈哈，我就是喜欢你实话实说，像以前的我。”陈橙汁给自己倒满一杯红酒，一口喝下去一大半，“我是从那里出来的，我原来的名字叫刘豆花。”

这没什么奇怪，每一位名人背后都有一些不可告人的过去，只不过有些名人选择隐藏，有些名人选择遗忘。隐藏一般都会被人发现，遗忘却不会，因为连自己都忘记了的东西，别人再提起也不会对自己造成丝毫伤害。

陈橙汁貌似选择了隐藏，从她杂乱无章的话语中，我最后总结出这样一个故事：

陈橙汁不堪忍受继母的欺辱，迫不及待地嫁给了住在同一条街道的赵麦片，很快他们就有了一个女儿。这看起来是一件好事，但是却意味着他们需要更多的面包和钞票，陈橙汁不得不走出贫民窟，在一家指甲店帮人画指甲，而王肉桂是这家店的常客，后来王肉桂就把她介绍给了橄榄油先生。当然，去见橄榄油先生之前刘豆花还是犹豫过许久的，但是她实在太需要钱了，拿一对干瘪的胸换来一大把钞票，听起来的确是一件非常划算的事……谁也没有想到的是，橄榄油先生居然改行做了电影制片，刘豆花顺利地成了他的第一部戏的女主角，更让人意外的是刘豆花居然靠这部戏红了。

“那你的女儿呢？”这是我最担心的一部分，但愿那个小女孩没有受到任何伤害。

“她根本不知道我这个母亲的存在。”陈橙汁让服务生再开启一瓶新的红酒，“王肉桂帮我把她送给了一对无法生育的夫妇，我想就算我现在站在她面前她也认不出我。”

“有这种可能，你十六岁生下她，算起来她现在应该和我差不多大。”

陈橙汁告诉我其实她今年已经三十六岁了，不过对外还是宣称她只有二十六岁，反正也没有人猜得出她的真实年龄。只要发现眼角出现一条鱼尾纹，陈橙汁立马就去整容医院抹平。

“我最在乎的人已经不在我身边了，所以我没有任何害怕的东西，我把我所有的钱都用来买保险了，等我死了我的女儿就是受益人。”陈橙汁喝了太多红酒，最后她都无法自己站起来去厕所，我只好扶着她走过去，顺便帮她把裙子卷到肚皮上。

“我女儿就是从这里取出来的。”陈橙汁指着肚脐眼下方的一道不是很明显的刀疤。我突然浑身打了一个冷战，差点儿把陈橙汁摔在马桶上。幸亏她喝太多了，完全不在意我对她做了什么。

好在她还记得她的公寓名称，虽然错过了几个交叉路口，我还是顺利地把她送到了家门口。

打开房门，房间里的灯是亮着的，一位大肚子男士赤身裸体地躺在床上，空气里充满了大麻的味道。

“天啦，今晚实在是太幸运了，居然还有一位更加年轻的小姐陪我睡觉。”这位先生坐了起来，肚子上的肉层层堆积，像一堆汽车轮胎。

“嘿，这位先生，今天我可穿了一双镶了铁掌的靴子，你要是不想在你屁股上印上一个鞋印的话，麻烦快点儿从床上滚下来！”

“我喜欢你说话的口吻！像一只没有被驯化的小狐狸。”这位先生显然心情大好，他从床上跳下来，点燃一根烟，在我身边的沙发上跷起了二郎腿。我终于看清他的脸部器官，他居然是跟陈橙汁传绯闻的王啤酒。现实中他的肚子看起来比电视上更大，肚脐四周还长了一圈黑毛，看起来像一只大眼睛。

“她是烟雾过敏患者！”陈橙汁突然清醒过来，拿起离她最近的水壶，朝王啤酒泼了过去，王啤酒被从头淋到脚，假发掉了下来，露出光秃秃的头顶，我忍不住哈哈大笑。

王啤酒生气极了，像一只生气的熊一样扑了过来，陈橙汁慌忙推开我，和王啤酒扭打起来。

很快，他们就从房间中间滚到门口，又从门口滚到房间中间，最后他们被堵在沙发前面。陈橙汁的裙子被王啤酒撕得七零八碎，连头发都被扯下来几把。

我不得不尖声警告王啤酒，如果他再待在这个房间里我只能报警。

“我的新戏里还缺一位女仆，你要是想拿到这个角色就跟我一起走。”王啤酒依然以为我是一名想上位的演员。可惜他诱惑不了我，我现在比以前有钱，乔木把他收入的一半都分给我了。

王啤酒悻悻地走了出去，出门的时候还不忘拿走他的衣裤以及没有抽完的烟。

“乔木喜欢你。”这是陈橙汁睡着前跟我说的一句话。

我把门关上时陈橙汁也说了一句话：“乔木是一个好人。”

等我走出陈橙汁的公寓时，才发现乔木居然给我打了十几通电话，看来他真的是非常想听见我的声音。

“德芙，你能告诉我巧克力酱究竟放哪里了吗？”

天啦，他为什么连这样弱智的问题都要来问我，难道他真以为我是他的女朋友吗？

王肉桂最终说服了陈橙汁接受更改后的广告词，条件是多付给她一倍的代言费用，不过我想王肉桂并不会心痛这笔昂贵的广告费，因为现在满大街的女孩都在用美恰恰口红。

“美恰恰口红让你一整夜都嗨起来！”屏幕上仅穿着一件男士衬衣的陈橙汁光着脚从卧室里走了出来，脸上挂着胜利的微笑，身后一个极其疲惫的裸男躺在凌乱的床上，仅仅拿了床单的一角遮住隐私部位。

广告上市之后，美恰恰口红销量成倍地增长，王肉桂忙得跟一个陀螺一样，连续两个礼拜都没有来工作室造梦，我和乔木终于有机会可以出门喝下午茶了。

这是我跟乔木的第一次约会。

乔木建议去湖边的一家咖啡馆，那家店的水蜜桃乌龙茶里会放点儿今年新酿的桂花蜜，搭配蓝莓曲奇饼，老板还喜欢在曲奇饼里加一点儿朗姆酒，让整块饼干更好吃。

“我要是吃完一整桶曲奇饼干，我会不会醉倒在这里？”我问。

“当然不会，我记得去年我吃完了整整一百块曲奇饼干，最后我只是有些头晕而已。”乔木喝了一口花茶，他喜欢在花茶里加入大量冰块，哪怕天气已经很冷了，他每天依然要喝一杯冰制饮料。

我感觉乔木的体温应该比我要高出几度。

“NONONO，只是高出了零点二度而已，特别是见到你之后，每天都高出零点二度。”乔木从外套里掏出一朵百合花。这是他第一次给女人送花。

可惜我真的不喜欢百合花，我总觉得百合花盛开的时候像一只张着大口的妖怪，会趁人转身的时候迅速把人的脑袋吃掉，所以如果不快速把凋谢的百合花扔掉的话，它就会散发出一股类似肉类腐烂的味道，我觉得那是它还没有消化掉的人脑袋的味道。

乔木却兴致勃勃地把百合花插在一个透明瓶子里，他告诉我日落的时候百合花就会盛开……我开始想象自己的脑袋被这朵花咬掉的模样。

“你有交过女朋友吗？”我小心翼翼地询问乔木，直觉告诉我他会答复“没有”，不过我还是想确定一下。

“有三个，其中一个是一位男士。”

“噗！”我把杯子里的水喷了出来，乔木不紧不慢地掏出手帕递给我，大概他已经预料到我会出现这样的反应。

“我去看一部话剧，话剧中的女主角长得漂亮极了，于是我连续一个礼拜都去看她的表演，后来我终于鼓起勇气去后台跟她表白，结果发现原来是一位男士扮演的。”

“嘿，我是问你谈过几次恋爱，不是问你喜欢过几个人。”我纠正乔木，他却反驳我，他认为暗恋和恋爱是一回事。

“这两种感觉不都是一样的吗？而且暗恋还可以自己控制感情的节奏和时间，所以我觉得暗恋更好。”

“暗恋只是一种单相思，恋爱是可以有亲密的身体接触的。”我朝天空翻翻白眼，乔木给那么多人造梦，难道他不知道滚床单这种事吗？还是他根本不喜欢干这种事。

我可以理解有些人对滚床单没兴趣，我之前在月球上见到过很多独身人类，他们每天也过得很不错。

“噢，你是指快感这种事吗？我可以在梦里实现呀。”乔木抿着嘴笑着，后来他低声告诉我，他已经在梦里跟我上过无数次床了，甚至他还想象过在这家咖啡馆里，我们俩赤身裸体地对坐着，喝着眼前的花茶，吃着眼前的饼干，百合花在旁边盛开。

天啦，这真是一次恐怖的约会。

“那你跟我约会还有任何意义吗？你连我身上最隐私的部位都看过了。”

“今天早上我还在思考这个问题，其实我之前喜欢别人的时候我也在思考这个问题，我总是在思考我还需不需要恋爱，世间所有的恋爱都是在期待那几秒钟的快感，而为此付出的代价却是超过人类预想的，比如生孩子，那真是一件麻烦的事情，不过见到你之后却令我的这个想法得到改变。”

我睁大眼睛瞪着乔木，我觉得接下来他应该会说一些美好的情话，不过事实上我不能对他抱有很大的期望。

“之前我每个礼拜只给自己造一个滚床单的梦，这对我来说已经完全足够了，可是见到你之后，我得天天给自己造一个滚床单的梦。噢，实在太累了，我受够了每天睡觉前还要制作那些小模型，我宁愿在现实生活中跟你滚床单，去他的怀孕生小孩，我不想去理会了。”乔木突然抱紧我，用力地亲吻我的嘴唇。

我出门时涂了美恰恰口红，王肉桂昨天托人送来的，正是我喜欢的玫瑰色。

今天真是一个好日子，天黑得特别早，碰巧没有下雨，湖边除了我们俩没有其他的客人，非常适合在草地上滚来滚去。

“你想制造一个粉嫩的婴儿吗？如果你愿意我可以把这些活泼的小蝌蚪留在你的身体里。”乔木快速地询问我，我摇摇头，我暂时还不需要那些可爱的精子，我害怕自己也要在肚皮上开一道口子。

可是为什么我每次想到这个时，总会想到陈橙汁。

我把陈橙汁的故事说给乔木听，我还告诉他我撞见了王啤酒光着身体躺在陈橙汁的床上，以及他们俩在地上不停地撕扯对方的衣服。

乔木对这个故事没有丝毫兴趣，他感兴趣的是我明天会不会搬来和他一起住，另外，我愿不愿意找一个风和日丽的日子跟他去一趟教堂。

他居然想跟我结婚！

我真想告诉他其实我这辈子都不打算结婚，我受够了我父母整日整夜的吵架，他们不但争吵还喜欢砸东西。那天我母亲把厨房里的碟子都砸光了，指着我鼻子说："嘿，你别这样看着我，你又不是我亲生的。"

她一定是被气昏了才说出这样伤人的话。

现在好像满大街的女人都在用美恰恰口红。

陈橙汁却极其不喜欢这支口红的广告，当我轻轻哼起这支广告的背景音乐时，她甚至让我闭嘴。

"亲爱的小德芙，我真想把你的嘴唇缝起来，虽然它看起来那么温柔可爱。"

"因为我恋爱了呀。"我告诉陈橙汁我跟乔木约会的事情，还告诉她乔木已经向我求婚的事。

"这真是一件开心的事情，你让我想起我刚刚恋爱那会儿，我也是这样成天傻呵呵地笑着……要不，你今天在梦里帮我换上一件我以前穿过的裙子吧，我喜欢那条裙子的泡泡袖，为了防止袖子变形，每次洗完晾干时，我总是在两条袖子里分别塞一个气球，是不是很好笑呀，咯咯……"陈橙汁忍不住笑出声来，这是我第一次见到她露齿的笑，下巴由于过度用力，导致从侧面看好像一个抽屉的把手——假的下巴笑起来都是这样的，王肉桂告诉我。

"要不今天在梦里我帮你弄一副没有整容时的模样。"我的好奇心突然蹿出来，没想到陈橙汁居然答应了，她甚至还给了我一张她十六岁时的照片。那个时候她刚怀上小孩，小腹微微隆起，冲着镜头笑嘻嘻的，好像一朵没心没肺的波斯菊。

“亲爱的小德芙，你帮我恢复成这个样子。”陈橙汁凝视着照片，仿佛在欣赏一位远去的朋友或者一位死去的故人。那是一张泛黄的老照片，由于年代久远加上本来就拍得模糊，根本就看不清人的五官，而且我估计陈橙汁都忘记了自己以前的模样。

我以为这是一件极其简单的事情，可是陈橙汁并不满意我设计出来的模样。我希望她可以提供给我更多的照片，哪怕画像也好，但是她除了这张看不清五官的孕妇照，其它所有关于容貌的东西通通被销毁了。

“我以前的眼睛不是单眼皮是内双，另外我以前有点儿含胸驼背，不要把我的身形设计得那么挺拔。”

那真是一个极其普通的女孩，除了那对笑起来会变成月牙的眼睛，全身上下实在没有任何值得夸奖的地方了。

梦的场景还是在一片发黄的草原上，这个刚怀孕的女孩看着远处发呆，唯一不同的是今天她会不由自主地抚摸肚子。

“陈橙汁是我见过的最无聊的客人了。”乔木喝了一口红茶拿铁，大概觉得困意涌了过来，于是用力地伸了一个懒腰，一不小心把桌子上的茶壶打翻了，茶汁溅进陈橙汁的梦里，陈橙汁的梦里立刻下起了暴雨。

“我是孕妇，不能淋雨的！”梦中的陈橙汁大叫一声，我慌忙按下报警按钮。醒来之后的陈橙汁瑟瑟发抖，嘴唇都变成了灰白色，我只好用力抱紧她，她却不停地胡言乱语，好像中了邪一般。

按照合同，如果因为我们的原因搞砸客人的梦，我们必须进行双倍赔偿。陈橙汁却拒绝了我们的赔偿，甚至拒绝了我送她下楼的建议。

出门的时候，我听见她给王肉桂打电话，好像在约见面的地点。

也许她想找她的闺蜜聊聊。

王肉桂可不是这么想的，她一进门就冲着乔木咆哮，乔木的耳膜差点儿没被她震破："你们怎么可以给陈橙汁设计一个这样的梦？现在她吵着要去见她的女儿。天啦，这个笑话实在太好笑，她女儿都不知道她这个母亲的存在。"

"也许陈橙汁的女儿知道真相后会接受她这个妈妈呢。"我反驳道。王肉桂却从鼻孔里发出一声"哼"，她可不希望陈橙汁去见她的女儿，如果被狗仔发现这个秘密，美恰恰口红的销量会大跌的。

王肉桂要求我们停止跟陈橙汁的合作，违约金全部由她负责，不过乔木拒绝了这个要求。

"不行，我们必须遵守契约，否则上帝会责怪我们的。"

"上帝？哈哈……"王肉桂大笑起来，浑身的脂肪跟着一起颤抖，仿佛一只巨大的软体动物在跳迪斯科，最后这只软体动物笑到蹲在地上，过了好久才爬起来，"如果真存在上帝，我倒想问问他是不是也喜欢充满油墨味道的新钞票。"

王肉桂喝了一口壶里的红茶拿铁，大概觉得不是她喜欢的味道，又把口里的茶水吐在地板上，并把嘴唇用力噘成一个"O"型，表示她的不喜欢。我只好给她换上一杯咖啡，一杯加奶不加糖的咖啡。王肉桂的心情终于好了起来，她从包里掏出一面小镜子，撅起屁股开始涂抹美恰恰口红，她今晚应该有一个特别重要的约会，因为她换上了一双新的高跟鞋。

可惜她腰上那圈肥肉依然存在着。

“我晚上要和全国最大的连锁超市的老板刘油果一起吃饭，如果机会合适我会把他介绍过来工作室，我想他一定会取代我成为你们的第一 VIP 客户，所以你最好不要让我不高兴。”王肉桂警告乔木，顺便掏出一张空白的支票，填上一串巨额数字，用力地掷在桌面上。

这比原本要赔给陈橙汁的违约金多出了一倍的金额。

乔木的嘴角抽搐了一下，我猜他肯定把一段长长的脏话活生生地吞了下去。

好吧好吧，我们只能取消跟陈橙汁的合同。陈橙汁好像预料到会发生这样的事情，电话那头她轻轻地“嗯”了一声，接着，她又低声恳求，可不可以让她每天下午过来睡个小觉。

她说她最近总是失眠，只有在我们办公室的沙发上才可以睡得着。

我觉得乔木不会拒绝这样的恳求。

刘油果是一个无比愚蠢的男人，我告诉他可以在梦里实现一切愿望，他居然说那就让他连续做一个礼拜的梦好了。

“连续睡一个礼拜不醒来的话，我想你应该要写遗嘱了。”乔木耸了耸肩膀，每天他都会遇见这样愚蠢的人，所以他已经见怪不怪了。

“那你就帮我造一个最长的梦，我打算和我的女神陈橙汁举行一场盛大的婚礼，婚礼后我们俩马上洞房，哦啦啦，我已经开始兴奋了。”

乔木在本子上记录下刘油果的要求，顺便警告我不可以把客户信息透露给其他客户。

不过他警告得太迟了，我已经把这件事告诉陈橙汁了。

陈橙汁只是轻轻地“啊”了一声。作为一名当红女星，被男人们当成性幻想对象是很正常的，所以我们俩很快就换了别的话题。

聊着聊着，她就在办公室的沙发上睡着了。接连一个月，她每天下午都要来办公室的沙发上打个小盹，她说她最近刚拍完一部戏，累得厉害。

有时其他的客人来办公室时，我就会把毯子盖在陈橙汁身上，假装好像没有人睡在沙发上一样。

我喜欢看陈橙汁睡觉，她好像一个瓷娃娃——噢，我知道她的睫毛是假的，双眼皮也是假的，嘴唇做了缩小处理，牙齿做了矫正，不不不，是打断了所有牙齿，重新种植全新的牙齿。

“我们聊会儿天吧，我喜欢跟你聊天。”陈橙汁微眯着眼睛，随意拨弄着发尾，“我发现乔木每次推开书架时，抽出的书都是不一样的。”

“他就是这样的人，做事从来没有逻辑可言。”

“不，他太有逻辑了，我们旁人都看不懂。”

“哈哈。”我笑出了声，乔木居然不相信地球是绕着太阳转的，他怎么可能还会有逻辑思维？

陈橙汁耸耸肩膀，她不喜欢争辩，接受不了的东西她总是抿嘴微笑——这也是我喜欢她的原因。

我告诉她待会儿刘油果会过来，如果她不想碰见他的话，可以假装睡着。

陈橙汁点点头。

刘油果给乔木一大笔订金，他需要一场盛大的婚礼，当然最关键的是洞房之夜，他希望陈橙汁脱掉婚纱之后露出的是羽毛比基尼。

“胸口就用三片粉色羽毛遮盖一下就可以了。”刘油果闻了一下鼻烟壶，有一股非常奇怪的味道，像是几个礼拜都没有清理过的垃圾桶散发出来的味道。

“你喜欢的话，我可以设计十个陈橙汁跟你洞房，So easy！（多简单)”乔木擤了下鼻子。他有轻微的洁癖，我想他一定不喜欢身边摆着一个几个礼拜都没清理过的垃圾桶吧。

好在这个垃圾桶的主人很快就进入了睡眠模式，并且发出巨大的呼噜声。

“德芙小姐，你可以把陈橙汁的模型拿过来了，注意千万不要提前让她着地，否则她就会自行变成真人大小，接着，所有程序都会被打乱。”乔木正在修改婚礼的礼堂，他希望可以让礼堂悬在半空中，但是当初设计礼堂时忘记放置云梯了，乔木不得不将画面改成所有宾客都乘着云朵过来参加婚礼。

真是古怪极了。

婚礼伴奏本来是准备邀请肖邦先生弹奏的，可是刘油果根本不知道肖邦是谁，乔木只好改成麦当娜。麦当娜弹着弹着，忍不住站在钢琴上边唱边跳。

“亲爱的德芙，她难道打算在这里开演唱会吗？”刘油果冲我打手势，我只好扔一只花瓶过去，把麦当娜给打晕。

等我收拾完局面，陈橙汁已经站在礼堂门口了。

难道我刚才把陈橙汁的模型掉地上了？按道理她应该是在刘油果现场炫耀完他收藏的古董后才出来。

不过，提前几分钟也不会影响进程，我自我安慰着。

刘油果不喜欢繁复的结婚仪式，他只需要人群里有一个人喊一声“接个吻呗”，然后大家都跟着一起喊“接个吻呗”，他和陈橙汁就在众目睽睽之下开始长达半个小时的接吻——真是一个漫长的吻，我都要睡着了。

被亲吻的陈橙汁由于长时间呼吸不通畅，脸颊变得绯红，不一会儿，她开始打小哈欠。

“如果有根烟就好了。”陈橙汁喃喃自语。

我愣了一下，难道乔木把陈橙汁的这个细节也设计进去了？

场景开始迅速换到洞房。这是一间纯金的房间，里面所有的家具都是纯金制作，就连可以自动冲洗屁股的马桶都是纯金的。

刘油果洗完澡，喜气洋洋地坐在床上抽雪茄，他的陈橙汁正在浴室里沐浴，很快她就会穿上粉色羽毛比基尼出现在刘油果面前。

“她洗澡的时间太长了。”刘油果起身拉开浴室的大门。

陈橙汁好像喝多了一样，趴在浴缸旁边，脑袋浸在铺满玫瑰花瓣的浴缸里。

刘油果皱着眉头，她这么奇怪的姿势怎么会让人产生性欲，一定是乔木主动添加的情节，待会儿结账时一定要扣钱。

“陈橙汁？”刘油果轻轻抚摸了一下陈橙汁的臀部，突然他觉得陈橙汁的肌肤冰凉极了，他立刻把陈橙汁从浴缸里扯出来。

“天啦，陈橙汁自杀了！”刘油果大叫一声，我慌忙按下报警按钮。

所有场景迅速消失，最后地面上只留下陈橙汁的尸体。

陈橙汁真的自杀了，她自杀的方式很奇怪，居然是自己掐着自己的脖子，然后把头伸进在盛满水的浴缸里浸死的。

陈橙汁在浴缸边上留了一张纸条：“我千真万确是自杀的，跟乔木无关！顺便强调一下，我真的很爱德芙。”

“这不是合同里约定的情景！”刘油果发出一声凄惨的叫声，大楼的玻璃被震得咯吱响。

我实在不知道怎么跟警察解释陈橙汁的死亡，我手上只有一张陈橙汁留下的纸条，除此之外，办公室里根本找不到铺满玫瑰花瓣的浴缸，甚至连一支玫瑰花都没有。

警察只是在柜子里找到一些家具模型，他们据此判断陈橙汁一定是被人威胁写下的遗言，因为不会有人蠢到自己把自己掐死，她完全可以吃安眠药或者从楼上跳下去——不过，我感觉警察是在怀疑我、乔木、刘油果三个人一起编了一个谎言，因为我发现大楼前已经拉好警戒线，警戒线外围满了看热闹的行人。

刘油果第一个被审讯，很快他就供出了王肉桂，他说王肉桂还给他介绍过当红歌星王遇美和最新影帝柳魅力。

警察很快就传讯了王肉桂，她交代了所有与陈橙汁接触的事情，包括介绍陈橙汁来造梦工作室造梦。当然，她还交代了美恰恰口红偷税漏税的事情，她以为这样的行为会减轻自己的刑罚。

令人遗憾的是，王肉桂对面的警察很快就被换成了税务科的职员，后来卫生部的人也跟了过来，说他们怀疑美恰恰口红的含铅量超标。

各大娱乐新闻版面立刻更新头条内容：陈橙汁有可能死于铅中毒！

而我一直期待哪家报社能挖掘出陈橙汁私生女的猛料，可惜竟然没有一个狗仔队嗅到这块鲜肉。

王肉桂面临监禁，而且要支付巨额罚款，我想她很快就会瘦下去的。

另外，警察怀疑我跟乔木涉嫌使用巫术。

老实说我也怀疑乔木在使用巫术，可是每次看到他在电脑前制作模型时，又感觉这件事不值得怀疑。

"乔木，你能给我看一下你的营业执照吗？"一名秃顶的警察从书架上随意扯出一本书，翻了几页，觉得索然无味，又塞了回去。

"什么是营业执照？"乔木一脸茫然的样子，在他的知识架构里绝对没有存储"营业执照"这个名词的解释。

"呃……我能看下你的身份证吗？"秃顶警察也变得一脸茫然，他第一次见到有人居然不知道什么是营业执照。

"对不起，警察，我也不知道什么是'身份证'。按照字面意思，身份证应该是证明'我是谁'的东西，可是我不需要向谁证明'我是我'。我每天只在下午三点出门，去拐角的超市买一盒水果或者打折的华夫饼而已，超市的收银员已经跟我很熟悉了，不需要我证明我是谁。"

秃顶警察眨巴几下眼睛，他低头跟旁边的警察耳语了几句。不一会儿，一位穿着白色大褂的医生走了进来。

他需要对乔木进行精神鉴定。

轮到我被询问，我有身份证，我还有社保卡，我甚至还在钱包里夹了一张市图书馆的借书卡。

“我们怀疑乔木与陈橙汁的死有关系。”秃顶警察摸了摸头顶，大概还是觉得屋子内气温偏低，于是又把帽子戴上了。

我跟他解释我们这间设计室的工作内容，秃顶警察立刻表示要看一下客户名单。当他看到客户名单里居然有警察局局长时，他又把帽子摘了下来。

那个化名叫“不加糖玉米杯先生”的警察局局长造了一个跳肚皮舞的梦。梦里他穿上金色的舞蹈服，在圆形舞台上扭动着他硕大的屁股和肚腩，台下坐满了各式各样的观众，其中还有一位观众是秃顶警察，他坐在最前排，一脸陶醉地看着台上的不加糖玉米杯先生。

“这真是一个古怪的梦。”秃顶警察吓出了一身冷汗，赶紧合上客户名单，“我需要尽快销毁这些肮脏的东西。”

我安慰他，其实不加糖玉米杯先生的梦里并没有要求秃顶警察爱上他：“他喜欢悲剧结尾，梦的结尾是他娶了一个体重有三百磅的女人，新婚之夜他死在这个女人的两个乳房之间，法医调查结果显示是呼吸不畅，闷死的。”

旁边的乔木已经笑得喘不过气来了，这是他设计过的最好笑的梦。

秃顶警察愈发紧张，他本来以为警察局长看上了他的老婆，他还专门把他的老婆弄进警察局里当任局长的秘书，结果他老婆告诉他，局长从来没有正眼看过她，哪怕她已经把裙子卷到了大腿根部。

秃顶警察在房间里踱来踱去，不停地叹气。最后他在书架前停了下来，说："对，就这么决定了。"

我和乔木不解地对视一眼。

秃顶警察支开了全部警察，房间里只剩下我们三个人。

"局长是不是还预订了下周进行造梦？"秃顶警察小声地询问乔木。

"按照我们的合同计划，下个礼拜的确是造他的梦，但是如果你把我逮捕了，恐怕我就得告诉不加糖玉米杯先生取消预订了。"乔木耸耸肩膀，他说的是实话。

"噢，陈橙汁患了严重的抑郁症，她选择了自杀，我们的确束手无策，不是吗？"秃顶先生朝着门外大声地说话，接着，他又降低音量，"麻烦你说服局长让我在他的梦里复活。"

"我试试，不过你知道的，不加糖玉米杯先生是一个顽固分子。"

"不不不，你一定可以说服他的，我决定明天跟他请假一个礼拜，我要让他疯狂地思念我。"秃顶警察叹了口气，仿佛做出了一个极其痛苦的决定。

很快，他就带着全部警察离开了这栋大楼。

"他们终于都走了。"驼背老头起身把大门关上，我很少听见驼背老头说话，他好像每天都在打盹。

"嗨，我还不知道你的名字。"我跟他说。

"你没必要知道。"驼背老头不搭理我，继续打着盹，我打算摇醒他，却发现他的椅子旁边有一个红色按钮。

真是一个让人讨厌的家伙，我自言自语道。

Chapter 03

迷住老板的范芯蕊小姐

樱桃市距离苹果镇的直线距离是五千公里，如果坐飞机需要六个小时，如果坐汽车则需要三天三夜，基本上在樱桃市很难遇见苹果镇的人。所以当苏渡边面带惊讶地告诉我，我跟他的一个朋友长得十分相似时，我吓得整个人都在微微颤抖。

苏渡边以为是他的鲁莽吓到我了，其实并不完全是。

我叫朱古莉，来自苹果镇，我最初来樱桃市是因为这里有一家口碑不错的整容医院。给我整容的医生叫赵摩卡，他是一个手脚麻利的男人，下手快、落刀准，给我换了一张巴掌大的瓜子脸和一双大大的眼睛，当然我的脸上还动了一些小地方（我可不会全部告诉你，每次有人问我，我就说：“啊哈哈，我只是割了双眼皮，还矫正了牙齿。”）……总之我比以前漂亮多了。

本来，我上午只是出来买一些面包和水果的，按道理我只需要披上一件宽大的披风就可以出门了，因为我肯定不会在路上遇见熟人，但是我还是刻意打扮了一下自己。

我在头发上抹了一些发胶，涂了一款鲜艳的口红，甚至还喷了一点儿香水，万一在路上遇见心仪对象，至少形象不会太差。但是该死的天气却打乱了我的计划，那些讨厌的雨滴把我的头发弄得湿漉漉的，还让我的裙摆上沾满了黑色的泥巴！

当我掏出手帕打算擦干净刘海上的雨滴时，苏渡边出现在了我的面前。

我想苏渡边应该是要去赶一个紧急的会议，他从对面马路大步走过来取车，可是却撞见我正在使用他车上的反光镜。一开始他只是礼貌地询问我是否使用完毕，等我转过身面对他时，他却惊讶地张大嘴巴。

苏渡边盯着我的脸看了整整几分钟，最后他确定地摇摇头，我跟他的那位朋友还是有一些地方不完全相似。

“她笑起来的时候嘴角会向左边微斜，你不会这样，你不是她。”

“那太好了，我也希望你认错人了。”我耸耸肩膀，我告诉苏渡边我要赶在面包店关门之前去买打折的牛角包，所以我得赶紧离开这里，苏渡边却执意要请我去喝杯咖啡。

今天的天气糟糕透了，从起床到现在太阳就没有露过正脸，雨倒是滴滴答答地下个不停，这个时候来杯热咖啡的确是个好主意，我正好可以借咖啡馆的暖气片烘干被雨淋湿的裙角。

“你住在哪儿？”苏渡边继续盯着我的脸，像一台精密仪器一样扫描我的每一个细胞。

“威廉大街三号。”

“哦，那里有一家旅馆，你住在旅馆里？”

“是的，我正在找工作。”

我需要在樱桃市找一份工作，整容已经花去了我全部的积蓄，我需要去一个可以给我发工资的地方。

苏渡边继续“哦”了一声，他把眼神从我的脸部慢慢挪到我的胸部，接着又从我的胸部慢慢挪到我的袖口。我的袖口有几处脱线了，虽然我极力隐藏这些细节，但是依然无法掩饰我目前生活的窘境。

苏渡边轻叹了口气，他从口袋里掏出一张名片递给我，这是一家房地产公司，它需要招聘一名前台。

我感激地看着苏渡边，一位打扮上流且语速平缓的中年男子对我这个外地姑娘莫名的示好，这样的奇遇让我又惊喜又害怕，我担心他需要我付出什么，比如肉体或者别的什么，可是目前苏渡边似乎并无其他要求，他只是低声询问我可否不要告诉任何人他跟我见过面。

我点点头，对面的马路上挂着一幅巨大的整容医院广告，一个完美无瑕的美女头像占据了广告的四分之三面积，剩下的四分之一放了几张整容医生的照片和简历，我努力地眯缝着眼睛总算找到了赵摩卡的头像。

我得去找赵摩卡，我感觉我左半边苹果肌红肿难耐，好几次我都想伸出手去挠那个地方，但是苏渡边一直盯着我的眼睛，我只好死死地抓住咖啡杯手柄，来克制我挠脸的欲望。

樱桃市的冬天阴雨连绵，我很不习惯这样的气候，它让我的每处关节都发出无法形容的酸痛，很多次我都生出离开这里的念头，但是苏渡边的出现却给了我一个留下来的理由，我决定去这家公司试试，或许我会有好运气。

这一刻，坐在我对面的这个戴着黑框眼镜的女人正在认真地研究我的简历，她时不时还对我微笑一下。在她旁边，坐着一个短发的年轻女人，一开始我以为她是助理，后来我发现黑框女人每说完一句话还会微微转头向短发女人寻求认同。

我对这次面试不抱多少希望，甚至还想着赶紧回去洗一下刚才冒雨赶过来被弄湿的头发，但是黑框女人花了一个小时面试我，我被她这个举动弄得紧张极了。

又过了一会儿，黑框女人的电话响了，她看了一下手机屏幕决定出去接听这通电话，于是她放下我的简历，轻言细语地对我说，让我稍等一会儿。

办公室里只剩下我和短发女人，我非常希望她也出去办点儿事，可是她却像一个上了发条的人偶一样，不停地对着我笑。有几次我想对她说“嘿，我要去厕所”，可是面对着她的笑容我又无法开口。

令人担忧的是我突然感觉自己的身体里正在酝酿着一团气体，这是一团巨大且绵延起伏的气体，我根本无法控制住它，很快我就不得不翘起一边的屁股让这团气体完整地放出来。

短发女人听到这声巨响后，先是一愣，接着慌忙低下头假装在看报纸，我主动跟她说了一声抱歉，并且解释我可能是中午吃了太多的四季豆和胡萝卜。

“没关系，董事长夫人！”短发女人立刻站起来，突然她意识到她说错了，急得立刻拍打自己的嘴巴，好在这个时候黑框女人走了进来，短发女人松了一口气，继续像上了发条的人偶一样冲着我咧嘴笑。

“抱歉，让您久等了，您明天就可以过来上班了。”黑框女人把“你”换成了“您”，还双手递给我她的名片。

我受宠若惊，赶紧站起身伸出双手接过名片，哪知她却比我更紧张，双臂都在颤抖，等我拎着包走出办公室时，里头传来两阵沉重的呼气声。

后来我才知道我被聘用是因为我跟死去的董事长夫人长得实在

是太像了，简直可以用一模一样来形容，他们一定以为我是她的表妹或者别的什么亲戚。

这件事是短发女人告诉我的，她还告诉我董事长的现任女朋友是画家苏梨小姐，他们俩应该很快就会结婚。

我不知道短发女人为什么要告诉我这些事，即使这样我还是决定跟短发女人交个朋友，我告诉她以后叫我“莉莉”就可以了，她却一本正经地叫我“朱古莉小姐”。

“就是说，朱古莉小姐，你打算中午跟我一起吃饭，对吗？”

“是的，范芯蕊小姐。”我点点头，我太喜欢范芯蕊小姐了，她好像天生不会撒谎，我今天穿了一条绿色裙子，她打量了半天，最后捂着嘴偷笑。

“咯咯，真漂亮，像一根葱。”

“葱？”

“对，还是刚拔出来的那种，带着新鲜的泥土味儿。”

“咯咯，范芯蕊小姐真幽默。”我微微笑着，赵摩卡说这两个礼拜我最好不要大笑或者做出一些夸张的表情，因为我脸上的苹果肌还在努力和我原有的皮肤融合，我得给它足够的耐心……噢，我的左半边脸到底还要多久才不会瘙痒？我快要控制不了我的手了。

“朱古莉小姐，你见过董事长夫人吗？”

“当然没有，我之前都没有来过樱桃市。”

“那你跟董事长夫人没有丝毫关系，跟董事长也从来没有见过面，对吗？”

“可以这么说。”

我回应着范芯蕊小姐，其实我根本没有认真听她说话，我依然惦记着我红肿的左半边脸，我决定下班之后去找赵摩卡，我需要他给我弄一些镇静剂之类的药物。

“对不起，我中午没有空跟你吃饭。”范芯蕊小姐突然补上一句，接着她就甩给我一沓厚厚的资料，叮嘱我等她吃完中饭回来时，我必须把这些资料全部输进电脑里。

噢，我可不想坐在这输入“欧奈雅，女，三十八岁，求一套带自动抽水马桶且阳台上带有洗手盆的单身公寓”这些无聊的文字，但是我有别的办法吗？我甚至还要感激苏渡边让我获得这份工作，否则我可没钱去付下个月的房费。

想到这儿，我决定给苏渡边打通电话：“苏渡边，谢谢你，我太喜欢这份工作了。”

“不用谢，你现在还在工作吗？我好像听见了你在敲打键盘的声音。”苏渡边还在办公室里工作，上午十点钟的时候他让我帮他叫一份比萨外卖，但是我忘记了这件事。

“是的，范芯蕊小姐让我午饭结束后必须把这一千条人员信息都输入电脑……噢，对不起，我忘记帮你叫外卖了。”

苏渡边“哦”了一声，随即他就让我先出去吃饭再回来干活儿，我小心翼翼地拒绝他，我担心范芯蕊小姐会生气。

“她不会生气的，因为是我带你出去吃饭。”

“真的吗？那我真是太幸运了！”。

其实我有点儿喜欢赵摩卡。

从我见到他第一眼我就感觉自己会喜欢上他，正是因为这个原因我才放弃隆胸，我还是希望自己能对他保持一点儿神秘感，一个男人对我的身体构造了如指掌，这也不是一件好事。

“下巴截骨前移术会让你整张脸看起来更加立体，特别是侧面。”

“可是我听说有一位歌星在做这个手术时死亡了。”

“我知道这个案例，她是因为没有插管麻醉，所以口腔里的血流到气道里造成窒息导致死亡。插管麻醉使口腔里的液体和气道隔开，可以避免此类危险的发生，而且几乎没有任何危险。”赵摩卡快速地给我解答疑惑，并且给我展示了一些成功的案例，他翻到第九张照片时，我让他停住。

照片上的女人看起来非常漂亮，另外她跟我一样，嘴角下方都有一颗小黑痣。

“我能整成像她这样吗？”

“我想应该可以。”

“她是做什么职业的？”

“歌剧演员，有时候还拍广告。”赵摩卡的回答简洁明了，这也是我喜欢他的原因，说话从来不拖泥带水，我问什么他就认真回答什么。我感觉跟这样的男人交往一定有趣极了，我讨厌花心思去猜男人的想法。

“没人发现她整过容吗？”

“她连明星都算不上，只不过是歌剧团的一名演员，没有人会关心她有没有整容。”赵摩卡回答我，并且告诉我市歌剧院有她的个人简介，如果我感兴趣可以去那儿看看。

后来的某一天，我真去了歌剧院看过德芙太太的简介。在通往大厅的走廊里，她的照片挂在靠近大厅入口左手边的第四个位置，照片上的她坐在一张高脚沙发上，右手托着下巴，左手拿着一支枯萎的玫瑰花，神情像四十多岁的老女人，但是事实上她并不比我大多少，或许还和我同岁。

我一直以为应该是赵摩卡最先告诉我德芙太太出车祸去世的消息，但是事实上却是范芯蕊小姐透露给我的。当然，赵摩卡也无法预料我会在街上遇见德芙太太的丈夫苏渡边，接着苏渡边又把我弄进他的公司做前台。

“然后你就知道苏渡边现在的女朋友是苏梨小姐，太凑巧了，她每个月都会来我们医院做美容护理。”

赵摩卡一边检查我红肿的左半边脸一边跟我说话，我突然意识到我许诺过苏渡边不要告诉其他人我跟他见过面，但是话已经说出来了，我只好懊恼自己没有管住嘴巴。

好在赵摩卡并不是一个八卦之人，很快我们之间的话题就转移到其它方面了。我非常想和赵摩卡共进晚餐，但是我却找不到合适的机会开口问他，我尝试着询问他今晚是否需要加班，或者是否要和朋友共进晚餐，但是赵摩卡避而不谈这些问题，他仔细地帮我做了整容部位检查，还帮我罗列了一堆暂时不能碰的食物。

其间，护士找他处理一点急事，他把我单独留在办公室一小会儿。

这本来是不允许的，病人怎么可以单独留在医生的办公室？但是赵摩卡太相信我了，我当初把我的整张脸都交给他时，可没想过我还可以活着从手术台上下来。

之前所有医生见了我的脸都说："不不不，难度太大了，我们做不了。"但是赵摩卡却点点头，他愿意一试。结果居然是我现在还活着，每次想到这一点我就兴奋不已——噢，我扯远了，最近我总是胡思乱想，这真不是一个好兆头。

处理完所有事情的赵摩卡终于能够坐下来喝上一口咖啡，他告诉我晚上要和一位重要的朋友吃饭，所以他需要早点儿下班。

"你是要和一个女生吃饭吗？"

"嗯，一个女生。"

"她跟你关系很亲密？"

"嗯，比较亲密。我该出发了，下次再聊，记得别吃我罗列的东西。"

我十分好奇赵摩卡口中的那位"亲密的朋友"。

据我所知赵摩卡目前没有女朋友，但是并不排除他没有喜欢的对象。

赵摩卡没有告诉我那位亲密朋友的姓名，但是第二天我在报纸上看到了她的姓名，还有一则消息：昨夜我市女画家苏梨小姐与整容医生赵摩卡共进晚餐后突发离奇车祸。

这一则消息下面还有一行小字，法医检验出苏梨小姐开车前曾吸食了毒品。

"这绝对不可能！"苏渡边气愤地扔掉报纸，"苏梨怎么可能去吸食毒品？这是报社记者杜撰出来的。”

“也许她只是没让你知道罢了。”我进来给苏渡边送今天的报纸，苏渡边抬起头看了我几秒钟，随即就让我出去帮他买一杯不加糖的咖啡。

我感觉到苏渡边在生我的气，甚至我还有一种预感，他会把我赶出这家公司——噢，我为什么要复述范芯蕊小姐的话。

今早，范芯蕊小姐火急火燎地跑进办公室，还没坐下来就在公司里大肆宣传“苏梨小姐出车祸死啦”的消息。大家很快就把范芯蕊小姐团团围住，希望她可以透露更多的细节，范芯蕊小姐却摆出一副十分神秘的模样，她压低嗓门告诉旁边的人：“听说苏梨小姐死的时候跟德芙太太一模一样，整张脸都烧得跟块抹布一样！”

人群里有人叫了一句：“这是一个诅咒！”

这句话把大家吓了一跳，甚至还有人捂住耳朵，好像那个诅咒就在身边一样。范芯蕊小姐却冷笑起来，她并不相信这个世上有因果报应，她巴不得苏渡边跟苏梨小姐分手，这样她就可以名正言顺地勾引苏渡边了。

现在幸灾乐祸的人是她，我却莫名其妙地成了苏渡边的出气筒，真是倒霉透顶。

下午，苏渡边把我叫进办公室，我以为他是找我结算工资，所以一进门我就哭丧着脸，谁知他找我另有其事。

“莉莉，我太难过了，你能安慰我几句吗？”苏渡边居然叫我“莉莉”！我茫然地看着苏渡边，我甚至怀疑他是不是在跟我开玩笑，可是没想到几秒钟之后苏渡边就陷入一种巨大的悲哀中。

我不知道该说点儿什么可以让苏渡边好受一点儿，只好默默地低着头。

突然，苏渡边开始痛哭，我颤抖着递上一块手帕，苏渡边立刻伸出手。

我以为他会接过手帕，谁知他居然握着我的手继续哭泣。

“为什么我喜欢的女人总是接二连三地离开我？我实在太讨厌失去心爱之人的这种感觉，这是上帝对我的惩罚吗？我已经把公司的大部分收入都拿去做善事了。”

“这一切都是意外，苏渡边，你不必太自责。”

“噢，我这个人就是容易愧疚……我第一次见到你时，我就想到了德芙太太，我还没爱够她，她就离我而去了。”苏渡边抱住我的腰，侧脸贴在我的胸前，我紧张到不知所措，却又不好意思推开一个正在哭泣的男人。

“我想德芙太太听到这句话一定幸福极了。”我伸出手搂住苏渡边的脑袋，苏渡边随即把整张脸都埋进我的胸里。

我们俩在办公室单独待了十五分钟，范芯蕊小姐闯了进来，她急匆匆地告诉我们：“警察来公司了。”

我慌忙整理了上衣和裙子，苏渡边则掏出手帕擦干净脖子上的唇彩。

范芯蕊小姐见到这个场景诧异极了，很快她就变得不开心，连本来要给苏渡边签字的文件都忘记放在办公桌上了。

警察询问了苏渡边昨晚的行踪，还让苏渡边提供一些证人和证据。警察这样做是例行公事，毕竟苏渡边是苏梨的男朋友。

苏渡边昨晚在公司加班，公司的其他员工都可以作证。

“我们查看了苏梨小姐当天的开车视频，我们发现她在经过朗姆大街十字路口时从包里掏出了一瓶类似香水或者是精油之类的东西，五分钟之后苏梨小姐的车速就飙到了一百五十码。”

“然后呢？”苏渡边很是恼火，刚才若不是被范芯蕊小姐打断，他马上就可以把手伸进我的裙子里面，动作快一点儿的话甚至还能做点儿别的什么事。

“苏渡边，你别激动，我们只是想询问一下你是否有给苏梨小姐送过这样的东西？据我们调查，前天苏梨小姐过生日时，你送给她一瓶礼盒装的香水，很不凑巧，这一幕被餐厅的摄像头拍摄下来了。”警察尽量安抚苏渡边的情绪，上个礼拜他还在电视上见到意气风发的苏渡边，没想到今天他却要把苏渡边当成怀疑对象。

苏渡边突然冷笑起来，他慢慢地坐回座位上，喝了一口手边的咖啡，慢条斯理地回答警察：“苏梨可是一名有趣的交际花，每周跟她约会的男子可不少，她昨天晚上还跟整容医生赵摩卡共进晚餐了呢，警察先生你为什么不去调查一下赵摩卡？”

警察愣了一下，他当然知道苏渡边跟市长关系匪浅，市长最近正在游说苏渡边参加一场慈善晚宴（其实只不过是借这个名号出售市长家中那些不知来路的奇珍异宝），他手头没有确凿的证据，不敢为难苏渡边。

所以当苏渡边脸色突变时，警察只好灰溜溜地离开他的办公室。

“那只是一瓶舒缓牙痛的糖浆。”赵摩卡跟警察解释，但是警察根本就不会相信这句毫无说服力的话，他们发现赵摩卡在离开餐厅之前给苏梨小姐送过一瓶液体，于是警察带走了赵摩卡和他办公室里所有可疑的液体。

“我们在赵摩卡的办公桌上翻出几瓶治疗牙痛的糖浆，化验结果显示里面含有大量的可卡因、吗啡和酒精，人只要吸食一点儿，整个大脑马上进入兴奋状态，所以不难解释苏梨小姐为什么会把车速飙到一百五十码了。”一名秃顶的警察跟我解释。

我告诉他，我是赵摩卡的朋友，秃顶警察用一种怜悯的眼神看着我，并告诉我，赵摩卡配的这种糖浆每一盎司里含有一百克吗啡。

“所以这种糖浆的确可以快速治疗发炎的智齿，它会让人立刻感觉不到疼痛，但是很快就会让人产生依赖性，甚至一天不喝它浑身都会受不了。”

“请问赵摩卡会坐牢吗？是不是要被枪毙？”我抓住秃顶警察，希望他可以给我透露多一点儿的信息，但是他却无奈地耸耸肩膀，说苏梨小姐本来是赵摩卡的女友，后来爱上了苏渡边就抛弃了赵摩卡，他们怀疑这是一场有预谋的情杀案件。

原来赵摩卡也是一个可怜之人。

我不愿意相信赵摩卡会杀害苏梨小姐，但是目前的证据都指向他，我想赵摩卡一定会疯狂辩解：“这绝对是一个阴谋，我们医院的药剂处怎么可能给我配这么多吗啡！”

但是警察们已经习以为常，大部分杀人犯一开始都喜欢证明自己是清白的。

我以为赵摩卡很快就要被枪毙了，甚至我还准备为他痛哭一场。

但是我没有料到的是范芯蕊小姐居然和一群爱美太太们联合上书，建议法官重新审理赵摩卡杀人案。

她们的理由很简单：“我们需要赵摩卡帮我们隆胸”“我们需要赵摩卡帮我们削下巴”。

为赵摩卡说话的人里面居然还有尊敬的市长夫人，据说她实际年龄已经五十岁了，但是赵摩卡妙手回春，她现在看起来最多三十岁，所以她怎么可以看着赵摩卡被枪毙！

警察只好重新调查此案，他们调取了赵摩卡办公室的监控录像，发现在上个月的七号，也就是范芯蕊小姐在整容医院矫正完牙齿后的第二天，赵摩卡办公室里的摄像头被什么东西遮挡过，虽然只是短短的几十秒，但是凶手有足够的时间调换掉这些糖浆。

范芯蕊小姐紧紧揪住这个事实不放，她和那些假脸太太团们认为这个证据足够证明赵摩卡是被人冤枉的，于是在这些身份显赫的太太团的威胁下，警察不得不做出释放赵摩卡的决定。

从警察局里放出来的赵摩卡长了许多胡子，他耷拉着脑袋，根本不理会正在门口焦急等待他出来的我，我还没来得及拥抱他，他就直接从我身边走过去了。

我只好紧紧跟着赵摩卡。赵摩卡从警察局出来之后先是拐进了隔壁的咖啡馆，我以为他会在里面久待，谁知他只是买了一杯咖啡，顺便要了服务生的电话，接着他就端着咖啡上了一辆开往歌剧院的电车。

今天歌剧院没有演出项目，赵摩卡端着咖啡坐在正中间的观众席上，我以为他在发呆，谁知他的大脑正在高速运转。

“我觉得这是一个阴谋，德芙太太出车祸前服了含有大量酒精和海洛因的咽喉炎止咳香膏，苏梨也是这样，不可能如此巧合。”

“你怀疑有人谋杀这两位女士？”我问。

“我不是怀疑，是肯定。德芙太太因为工作关系经常咽喉不舒服，后来她告诉我苏渡边给她买来一种新药，每次只要一服用，马上见效。我当初应该把她的止咳香膏拿来化验的，否则也不会被苏渡边得逞。”赵摩卡愤怒起来，我赶紧握住他的手，希望他保持冷静。

“看来你怀疑苏渡边是杀人凶手。”

“对，但是我没有任何证据。”赵摩卡苦恼极了。我的心思却不在这个话题上，我迫切希望赵摩卡可以把注意力转移到我身上，可是任凭我怎么转移话题，赵摩卡就是不肯看我一眼，甚至到了晚饭时间他都没有主动邀请我一起吃饭，他只是一直咬着喝光了的咖啡纸杯，自言自语，又像是跟我聊天。

“苏梨是我的前女友，我们在一起十年，但是今年年初她爱上了苏渡边。”

我微微吃惊，我可以感觉到赵摩卡内心深处的悲哀，这种悲哀和苏渡边的悲哀不一样，这种悲哀是与爱人永不能相见的绝望，若不是极为亲密的人，是不会有这种痛彻心扉的感觉的。

我故意暗示赵摩卡苏渡边现在在追我，赵摩卡眼睛一亮，我以为他会劝阻我不要靠近苏渡边，谁知他竟然兴奋起来，说：“他有跟你表白吗？太好了，我发现我对苏渡边了解实在太少了，我需要你给我提供线索。”

“那你应该去找范芯蕊小姐，她可是做了十年苏渡边的秘书，没有她不知道的事。”我没好气地回答赵摩卡。赵摩卡若有所思地点点头，随即就跟我要了范芯蕊小姐的电话，我嘟着嘴，一副很不高兴的模样。

“嘿，讨厌的家伙，你不送我回家吗？我今天一大早就在警察局门口等你。”我叉着腰，假装生气。

“你的苹果肌恢复得不错，记得定期来检查。”赵摩卡站起身来，捏一把我的脸蛋，接着做出一副要走的模样。

我找不到理由拒绝，只好看着他的背景消失在夜幕里。

范芯蕊小姐肯定找赵摩卡做了面部自体脂肪填充手术，否则她怎么可能拥有如此完美的嘭嘭脸和水润肌？甚至我还猜测她接下来一定会去做开眼角和缩鼻翼手术，估计再过半年这整张脸就会被全部换完。

“今天晚上我要跟赵摩卡约会，所以我要早点儿下班哦。”范芯蕊小姐把一沓资料扔给我，她知道我喜欢赵摩卡，刚来公司那会儿我亲口告诉她的。

“可是今晚苏渡边要带我去参加一位客户的舞会，所以我也要早点儿下班哦。”我把资料扔回给范芯蕊小姐，顺便从抽屉里掏出化妆镜开始化妆，范芯蕊小姐的嘴角抽搐了一下，但是又不敢当场发作，只好转身离去。

苏渡边要带我去的舞会是在市中心的一间地下室里。灌了点儿酒精的姑娘们兴奋极了，恨不得再长出两条腿，好让她们可以更加快速地更换男伴。

整间酒吧除了音乐声就是姑娘们的尖叫声，她们不停地喊叫“我快要飞起来了”！这样的尖叫让舞池里的男人们兴奋极了，一些男人忍不住悄悄把手从姑娘们的腰部滑向臀部。

我和苏渡边坐在角落里，起先他还在跟客户正儿八经地聊天，后来苏渡边就把手放在我的腰上，我感觉他是在安慰我的情绪，但事实上我丝毫不觉得烦闷，我巴不得苏渡边可以回头看看舞池里的姑娘们。我甚至提醒他：“嘿，你快看，姑娘们的屁股蛋儿好像刚剥壳的鸡蛋。”

可惜苏渡边对刚剥壳的鸡蛋并不感兴趣，等到客户走开了，他就给我点了一杯酒。

“苏渡边，我不太会喝酒，我喝一点点行吗？”

“当然可以，你喜欢喝多少就喝多少。”苏渡边微微笑着，露出两个浅浅的酒窝。我急匆匆地喝了一口酒，贴着苏渡边的耳朵告诉他，穿露背大红裙的小姐已经换了二十个舞伴了。

“唔，好像你对她比我对她感兴趣多了。”苏渡边抬了抬眉头，让侍从给我的酒杯里倒满酒。我迫切地想要把苏渡边的视线转移到舞池里，可是苏渡边一直在对我微笑，我最后不得不气急败坏地喝掉我面前的酒。

再后来我感觉头晕脑涨。苏渡边站起身，把我揽入怀里，接着，他就把我带出了酒吧。

“我们这是要去哪儿？”我拼命地睁开眼睛，苏渡边却把手盖在我的眼皮上，我很快就沉沉地睡过去了。

我以为我会睡到天大亮，哪知却在半夜醒来了。

这是在哪里？

我想喝水。

“喝吧。”苏渡边递给我一杯水，我一口气喝下去，很快我再次头晕目眩，还没来得及跟苏渡边说再见，我再一次睡着了。

接着我就开始做梦。在梦里我醒了，身体都变得轻飘飘，只剩下一个脑袋还挂在脖子上。我挣扎着爬起来，却看见对面墙壁上挂着一幅婚纱照。

“这照片上的女人一定是苏渡边的情人。”我自言自语地走过去，但是眼前的照片却让我惊呆了，照片上的女人看起来那么熟悉，我甚至怀疑我是不是在照镜子。

没错，照片上的女人跟我长得一模一样！

我惊恐地跑出卧室，接着我又在走廊的墙壁上看见了我自己的照片，还有走廊的柜子上，客厅的茶几上全是我的照片。

我跑进洗手间，洗手间墙上的镜子里出现一个女人，我以为那是我自己的影像，谁知镜中的女人却朝我招手，我慢慢地靠近她，她突然从镜子里伸出手掐住我的脖子。我拼命挣扎，可是喉咙却无法发出任何声音，我感觉我很快就会被她掐死了。

还好苏渡边叫醒我，他说我在手舞足蹈大喊大叫。

“这是哪里？”我拽住被子的一角裹住裸露的上身，苏渡边却用力扯开被子，他喜欢看着我在他面前瑟瑟发抖的样子。

他说：“这是酒店，全市最好的酒店，你喜欢吗？”

“这跟我之前住的旅馆相比，简直一个天堂一个马棚。”我老实地回答，苏渡边越发得意，他当着我的面掏出一支雪茄抽了起来。他告诉我德芙太太要是有我一半楚楚可怜，他也不会爱上苏梨小姐。

“可是你不是说你并没有在婚内跟苏梨小姐上床吗？”我睁大眼睛看着苏渡边，苏渡边有些尴尬，马上就岔开话题，询问我是否想去阳台上看一下樱桃市的夜景。

噢，夜幕下的樱桃市真是美极了，我似乎在某个时刻也有过这样的感触，可是我不是一直生活在苹果镇吗？我一定是喝多了才会产生这样的幻觉。

苏渡边把我从前台换成了办公室文员，公司里的人看我的眼神都变了，连范芯蕊小姐都不再称呼我为“乡下女”，今天她还主动帮我打包了一份早餐。

“亲爱的莉莉，你今天的裙子真漂亮。”

“我还以为你会形容我的裙子像一个发霉的橘子。”

“咯咯，你真会开玩笑，我怎么会这么说呢。”范芯蕊小姐捂着嘴窃笑，顺便给我炫耀她的新手链，“赵摩卡送我的，好看吗？”

“像一根韭菜。”我斜着眼睛瞟了一眼，假装毫不在意，其实恨不得从眼神里放出一道闪电，把范芯蕊小姐的手臂劈成两段。

范芯蕊小姐笑了笑，并不理会我这句话，她告诉我今天晚上赵摩卡会跟她去 XX 餐厅吃晚饭：“你可以假装去偶遇，这样就可以和赵摩卡见面了。”

这的确是一个好主意，我差不多有一个多月没有见到赵摩卡了。

餐厅今晚来了好多客人，我在角落里找了一个位子坐下。赵摩卡正在认真地看着菜牌，范芯蕊小姐趁机掏出化妆镜补妆。

“亲爱的赵摩卡，我昨晚睡觉前涂了你送的精油。”

“哦，你感觉如何？我在精油里多放了一些快乐鼠尾草。”赵摩卡抿了一口红酒，似乎很享受跟范芯蕊小姐的聊天。

“刚开始抹的时候感觉很好，后来就兴奋起来了，接着我昨晚就失眠了。”范芯蕊小姐撇撇嘴，她昨晚的确没睡好，两个厚重的黑眼圈吊在脸上，哪怕抹了厚厚的粉底依然盖不住。

“那我再改进一下。”赵摩卡诡异地一笑。侍者端来他们点的牛扒和松茸汤，赵摩卡还细心地帮范芯蕊小姐切好牛扒……太让人嫉妒了，我恨不得在那盘牛扒上撒满胡椒！

胡椒？！

我突然有了一个绝妙的主意。

我给其中一位看起来很好骗的侍者一笔小费，这位侍者立刻脱下他的工作服递给我。我把帽子拉到最低，趁着范芯蕊小姐上厕所的时候，把混合胡椒和辣椒粉的调料倒入了范芯蕊面前的那碗松茸汤里。

我想待会范芯蕊小姐一定会打一个巨大的喷嚏，喷出来的眼泪和鼻涕一定会弄花她的睫毛膏和腮红，我可是迫不及待地想看到这个画面。

但是赵摩卡居然把自己的那碗松茸汤打翻了，范芯蕊小姐立刻好心地把自己那碗松茸汤端了过去，还假惺惺地说自己很讨厌松茸汤的味道。

“这汤的确有股奇怪的味道。”赵摩卡低着头闻了闻。我以为他会就此放弃，结果他却继续把勺子伸进汤里，舀出一勺准备放进嘴里——我吓坏了，慌忙扑了上去，汤泼得一地都是。

“好凑巧呀，赵摩卡。”我尴尬地跟赵摩卡打招呼，恨不得赶紧找个地洞钻进去。

“哟，你这偶遇的方式真是特别。”范芯蕊小姐一脸不屑地看着我，赵摩卡却邀请我坐下来一起用餐，甚至还叫来侍者帮我摆好刀叉。

吃到一半时，我突然发现桌子下方有一个奇怪的突出物，纽扣大小，我好奇极了，于是我用力地把它抠了下来。

突然，小纽扣“砰”的一声爆炸了。

其实爆炸力顶多就是一团指头大的烟花，但是店里的客人以为遭遇了恐怖袭击，吓得抱头鼠窜。

我被慌乱的人群挤压，然后跌到在地上，我以为我很快就会被人踩成肉饼，谁知头上居然伸出一只手，我抬头一看，是赵摩卡。

可是范芯蕊小姐哪里去了呢？

赵摩卡把我拉出餐厅，丝毫不在意消失的范芯蕊小姐，我又惊喜又担心，于是走几步就不停地往后看。

“不用看了，只不过是一个录音器爆炸了而已，我想聪明的范芯蕊小姐一定可以逃出来的。”

“天啦，你为什么要在这个餐桌下安装一个录音器？”

“因为我需要打开范芯蕊小姐的电脑查阅一些资料。我本来想尝试打开她的电脑，但是却发现她的电脑是语音开机，一个普通秘书的电脑开机怎么会如此复杂？我猜想电脑里头肯定有不可告人的秘密，或许跟苏渡边有关系。”

赵摩卡用手摸了摸鼻子，每次他要思考问题时就会做这个动作。他说：“我需要剪接她的说话声，把它们拼成‘范芯蕊小姐是这个世界上最美丽的女人’，她的密码真是无聊透顶。”

“赵摩卡，我不明白你对她这么好，就是为了打开她的电脑吗？”我没好气地白了赵摩卡一眼，也许我该答应苏渡边去海边度假，就像苏渡边描述的那样：“我们住在海边的别墅里，打开门，脚底下就是湛蓝的大海。”

我以为赵摩卡正在跟范芯蕊小姐开展如火如荼的恋爱，所以这段时间他应该没有空搭理我，没想到过了几天我却接到了他的电话，他告诉我他有了新发现。

“范芯蕊小姐的电脑记录了每天工作日程的安排，每个礼拜她都要去蓝莓镇看望一个代号为 X 的人，为什么范芯蕊小姐要在上班时间开车去那么远的地方拜访客人，我想这个 X 肯定跟苏渡边有莫大的关系。”

“也许他只是苏渡边的一位重要的客户而已。”

“绝对不是客户这么简单，范芯蕊小姐每次探望结束还会写一份探望报告给苏渡边，比如，‘今天 X 说喝牛奶过敏，希望我下个礼拜带一些羊奶过来’。”

赵摩卡十分肯定 X 绝对是一位关键人物，他必须马上赶往蓝莓镇调查清楚。

噢，我突然感觉赵摩卡调查案件的方式真是莫名其妙。

蓝莓镇距离樱桃市大概四个小时的车程，我们到达X家时已经是下午午休时间。赵摩卡在门口犹豫了很长时间，最后还是决定敲一敲门。

门被打开一个小缝，一只小白猫走了出来，它抬头看了看我，立刻就跳到我的手臂上，一个劲儿地往我怀里钻，似乎跟我十分熟悉。

“过来，那不是你待的地方。”一位七十多岁的老太婆突然在门后出现，她似乎很不欢迎我们的到来，甚至还想立刻把门关上。

赵摩卡抢先一步挡在门缝里，一只胳膊撑住大门，赵摩卡跟她解释我们是替苏渡边送东西过来的。

“哼哼，是不是那位胸大的女人已经无法满足他了？所以他又换了一个新女人。”X太太看了我一眼。突然，她脸色突变，整个人都在微微颤抖，我一把扶住她的手臂，她却用力把我甩开。

“桌上有茶，你可以去柜子里取蜂蜜，喝完就可以离开了。”X太太对着我说了一段莫名其妙的话，我和赵摩卡都惊讶极了，后来我们猜测她可能把我误当成德芙太太了。

X太太家里光线昏暗，四处摆满了瓶瓶罐罐，我十分担心走路的时候会不小心给碰碎了，只好尽量踮着脚尖前行，但是快靠近沙发时依然撞翻了一只花瓶。

“对不起，太太，我打碎了你的一只花瓶。”我小心翼翼地跟X太太道歉，X太太头都没有抬，只是朝我摆摆手，说：“反正是你送的，我就当你没送过好了。”

“我想你是不是搞错了？她叫朱古莉，来自苹果镇，她只是长得跟德芙太太很像而已。”赵摩卡替我解释，X 太太却没有再跟我们俩说话的意思，她抱着她的猫慢慢挪到摇椅上，接着她就发出轻微的呼噜声。

赵摩卡本来想叫醒 X 太太，但是我阻止了他，我感觉 X 太太不会告诉我们任何有用的信息。但是赵摩卡却不肯死心，他拉着我沿着 X 太太的房子转了一圈，最后他终于找到一个突破口。

“天啦，她应该是苏渡边的母亲！”赵摩卡指了指门口邮箱上方的小木牌，上面写着“苏曹丽芬女士的邮筒”。

“曹是她原来的姓，苏是她丈夫的姓，蓝莓镇一直有这个传统，女人结婚后要在自己原有姓氏前加上男方的姓。”赵摩卡兴奋极了，他感觉他打开了迷宫的第一道门，“可是为什么苏渡边不肯和他母亲见面呢？而且还要隐瞒他和她的母子关系？”

“也许他母亲做了什么对不起他的事情吧。”我耸耸肩膀，我对 X 太太并无好感，她的猫还把我的毛衣抓了几条线出来。

“嗯，看样子事情就是这样。”赵摩卡从包里掏出一根烟，快速抽了几口就把烟掐灭扔掉，“我得赶回医院，我还得帮范芯蕊小姐做一个下巴截骨前移手术。”

我们离开了蓝莓镇，走的时候我看见 X 太太抱着她的那只猫站在阁楼里看着我们这个方向……我叹了口气，把脑袋紧紧靠在椅背上，赵摩卡看了我一眼，却也不说话。

范芯蕊小姐现在完全就是一副标准的美人模样，连送外卖的大叔都费尽心机要跟她说上几句话。

苏渡边很快就对范芯蕊小姐重新产生兴趣，今天开会时我就看出了端倪了。苏渡边左手握着一支钢笔，看样子好像在记一些重要的东西，右手却在范芯蕊小姐的大腿上肆无忌惮地摸来摸去。范芯蕊小姐抿着她的花瓣嘴笑着，好像一只得宠的小鸟。

“哟，范芯蕊小姐的下巴真好看，就是大笑的时候快要飞起来了。”散会后我故意靠近范芯蕊小姐，阴阳怪气地跟她说话。

“哈哈，你想要一个吗？想要就让赵摩卡帮你做一个，反正你每个礼拜都要找借口去他的办公室跟他见面。”范芯蕊小姐快速地回击我，她现在一点儿都不在乎赵摩卡。苏渡边昨天送给她一条镶钻手链，这条手链的价格远远超出赵摩卡送的那条“韭菜”手链。

我又是窃喜又是沮丧，窃喜的是范芯蕊小姐跟赵摩卡之间彻底玩完了，沮丧的是范芯蕊小姐又成为了苏渡边身边的红人，苏渡边本来每天下午都会跟我去咖啡馆喝杯咖啡的。

苏渡边喜欢跟我坐在咖啡馆的落地玻璃前，他会拉着我的手跟我聊天。

苏渡边跟我说的话里有一半是真实的，有一半是虚假的，如果虚假的话说太多我就想方设法点穿他，比如他告诉我德芙太太最喜欢吃蛋黄酱焗烤大虾，可是他却很讨厌蛋黄酱的味道，他们俩经常为这事吵架。

“一名歌剧演员怎么会吃这种容易上火的食物？对喉咙可是极其不好的，你一定是弄错了。”

“也许是吧，反正我们每次出去吃饭都会吵架，我记得最严重的一次就是在吃蛋黄酱焗烤大虾的时候。”

“你确定吃饭时你没有给其他女生发短信？或是偷偷给漂亮的女服务生塞钞票，并且在钞票里夹上你的名片？”

“天啦，亲爱的莉莉，你真是我肚子里的蛔虫，太恐怖了。”

我咯咯笑着，花心的男人都一模一样，哪儿用我动脑子猜。可惜我太置身事外了，忘记了苏渡边天生就长着一副花心的骨子，所以当他跟范芯蕊小姐坐在咖啡馆里聊天，被正巧过来打包咖啡的我看见时，我居然气得浑身发抖。

“你怎么了？莉莉。”

“我在生气，非常生气。”

“你生气的样子跟德芙简直一模一样。”苏渡边害怕极了，赶紧放开范芯蕊的手，并把范芯蕊小姐往外推了一把，范芯蕊小姐没扶稳，从椅子上摔了下去。

“哈哈，你看她额头上长了一朵红色的蘑菇。”我指着范芯蕊的脑袋大笑起来，范芯蕊小姐尴尬极了，她气呼呼地从地上爬起来，一把扯住我的头发。

我发出撕心裂肺的尖叫，立刻伸出手抓住她的头发，并用脚去踢她的肚子——两个女人打架其实跟母猩猩打架没什么区别，公猩猩只会在一旁冷冷地看着，好像整件事跟他一点儿关系都没有一样，比如此刻的苏渡边。

“乡下女，我待会儿用花瓶砸碎你的假鼻子和烤瓷牙，识趣的话就给我马上滚蛋！”

“那我砸你的地方可多了去了，眼睛、鼻子、下巴，还有胸。”

范芯蕊小姐被我这番话气疯了，她居然真的抓起桌上的花瓶砸了过来。我慌忙躲闪，花瓶砸在墙上，把墙壁上的一幅名画砸落下来。接着，咖啡店的老板跳了出来，指着范芯蕊小姐就开始谩骂。

真是一场好戏。

苏渡边却趁机溜了出去，我以为他是想溜回办公室，谁知他只是在街边接了一通电话，对方似乎在说一个不好的消息，苏渡边的脸色很快就暗沉下来。

“范芯蕊小姐，麻烦你停止这无聊的表演，我需要你马上跟我回公司！”苏渡边折回咖啡馆冷冷地扔出一句话。范芯蕊小姐见到主人脸色突变，灰溜溜地跟在苏渡边身后走回公司。

苏渡边的办公室很快就传来怒骂声，没过多久范芯蕊小姐就被赶了出来。我以为接下来会轮到我被训，可是等到快下班苏渡边也没找我。我只好亲自端一杯热咖啡给苏渡边送过去，也被他无端骂了几句。

“哦，我怎么骂了我最心爱的莉莉？一定是我昨晚噩梦连连造成的。”苏渡边慌忙给我道歉，他以为我生气了，其实我压根儿就没生气。

“苏渡边，你是不是有什么心事？不妨告诉我，或许我能帮你解解烦忧。”

“不是特别麻烦的事，我的一位老朋友自杀了。”

“可是这跟范芯蕊小姐有什么关系吗？”

“我每个礼拜都让范芯蕊小姐替我去探望这位老朋友，可是这个女人居然没有发现这位老朋友最近有什么异常。她真是整容整疯了，我必须给她一点儿教训。”苏渡边越说越气愤。

我担心这样会不会对范芯蕊小姐太苛刻，果然下班的时候我就接到范芯蕊小姐发来的短信，她警告我不要太得意，因为她的今天有可能就是我的明天。

“跟苏渡边上床的女人不计其数，我也只是其中一个，那些自以为聪明绝顶成功打败其他女人的人最后都不得善终。德芙太太和苏梨小姐不就是很好的例子吗？我应该庆幸苏渡边中途放过我，所以我更应该祝福你好运，乡下女。”范芯蕊小姐在短信的结尾还打上一个微笑的表情，我却感觉这个表情似乎是在嘲笑我。

苏渡边问我为什么对着手机屏幕发呆。

我撒了一个谎，说有人发错短信了。苏渡边信以为真，于是他继续联系下个礼拜我们去海边度假的事情，可是没过多久我的电话又响了，这一次是赵摩卡给我发的短信。

“X 太太自杀了……”

赵摩卡告诉我 X 太太应该是前天自杀的，她死了两天后，她的猫跑出去撕咬路人，才有人走进屋子发现这一切。

“我怀疑 X 太太是被迫自杀的，警察调查发现她死之前曾经接到过一通从公用电话亭打过来的电话，接着，她就割腕自杀了，是我害死她的。”赵摩卡沮丧极了，我却没搞懂他最后一句话的含义，这跟我们有什么关系？

“也许是苏渡边怀疑 X 太太会给我们透露了什么信息，所以给她打电话逼她自杀。”

“一个人怎么会害死自己的母亲呢？”

“苏渡边可是连自己的妻子都敢杀害的人，他还有什么事情做不出来，难道他对那个假脸且说话颠三倒四的苏梨小姐是真爱吗？”

“够了，朱古莉小姐，你不能老是诋毁苏梨小姐。我觉得她除了偶尔有点儿喜怒无常之外，并不是一个坏女人。”赵摩卡终于忍不住抱怨起来，他觉得我对苏梨小姐有偏见。

“好吧，看来你真的十分喜欢这个虚伪的女人。”

“我的确很喜欢苏梨小姐，你假装和苏渡边谈恋爱，你不虚伪吗？”

我沉默了片刻，最后我干脆挂掉电话，我怎么可以这样跟赵摩卡说话！

我感觉苏渡边比以前更疼爱我了，他甚至还带我参加了市长的家宴，大家都盛传我们俩很快就会订婚。

与此同时，范芯蕊小姐突然宣布辞职。

我十分好奇范芯蕊小姐的去向，苏渡边却不肯透露半分。我曾经向赵摩卡打探范芯蕊小姐的下落，赵摩卡也一无所知，他唯一可以确定的就是范芯蕊小姐临走的那晚开心极了。

“她说她终于过上正常人的生活了。”

“她为什么要说这样一句话？难道她之前的生活很不正常吗？”

“我想在这些表面现象下应该包含一些沉重的代价，比如苏梨小姐的画廊，如果她不跟苏渡边上床，依靠她自己的画画本事这辈子都开不起来。”赵摩卡耸耸肩膀。我前几天在他那边注射了玻尿酸，今天脸还是僵硬着的，不过我想再过几天我就可以获得一张瓷娃娃般的脸，正好可以赶上和苏渡边去海边度假。

苏渡边选的度假地点是他很早之前买的一幢别墅，距离樱桃市五六个小时的车程，平时别墅都没有人居住，只有一个搞卫生的保姆偶尔过来一趟。这个周末正好赶上圣诞假期，于是我们俩决定去别墅里庆祝圣诞节。

到达目的地，我才发现来这儿过圣诞节的主意简直糟糕透顶了。这幢别墅所处的位置方圆百里都没有人居住，甚至连野兔都不愿意出没此地，只有那些阴暗的藤状植物才喜欢这个鬼地方，不但爬满了别墅外面的围栏和外墙，甚至还从窗户伸进屋子里头。

客厅的墙壁上应该有一幅巨大的画，不知为何苏渡边要把它移开，只剩下一个挂画框的烙印。但这并不妨碍我见到这幅画上的人，很快我就在杂物间里找到这幅已经毁坏了一半的画，还有一些没来得及毁坏的照片。

画上的女人明媚动人，男人却神情凝重，令人奇怪的是每一张照片都有被烧焦的痕迹，我想应该是某个人想毁坏照片，但是被打断了，于是只好把这些照片胡乱塞在这里。

我拿起这张女人的独照，冷笑了一下，随即把这张照片装进了口袋。

不可否认，别墅外海边的景色的确美极了。风是爽朗的，水是湛蓝的，连空气里的味道都是甜甜蜜蜜的，没有哪对情侣愿意辜负这样的良辰美景。

苏渡边从车上搬来一些食物和酒，在他来之前我已经把屋子稍微收拾了一下，甚至还翻出一张德芙太太之前录的唱片，这让苏渡边惊讶极了。

“这是德芙太太生前录的唯一的一张唱片，她最喜欢的一首歌叫《我眼前的果汁突然变成了咖啡》。”

“不对，是《我眼前的咖啡突然变成了果汁》。”我纠正苏渡边。

“我们可以谈点儿别的吗？今晚可是属于我们俩的圣诞节。天啦，快把这晦气的音乐关掉。”苏渡边突然生起气来，我只好让唱片机停下来。

“要不我们喝点儿酒吧？”苏渡边重新打起精神，他从背后搂着我。他今天身上喷的香水有一股奇怪的味道，像是催情剂，但又让我的大脑异常清醒。

“宝贝，你似乎心情不太好，不喜欢这个地方吗？”苏渡边把我转过来。我摇摇头，我问苏渡边是不是点燃了香薰盒。

“是的，我看你心情不好就点燃了快乐鼠尾草精油，这种精油可以舒缓疲惫的大脑。”

苏渡边亲吻了我的额头，我想他接下来会扒去我的衣服，于是我闭眼准备接受他的抚摸，可是等到我再次睁开眼睛时，却发现苏渡边已经躺在我的脚底下了。

我对着地上的苏渡边大笑起来，顺便把窗户打开通风。窗外的风景的确很美，可惜苏渡边没有这份福气跟我一起欣赏。

我端着酒杯走出卧室，穿过客厅，来到餐厅，我本来想看看冰箱是否还能帮我冰镇一下白葡萄酒，可是我看见一个女人的裸体——天啦，这居然是范芯蕊小姐！我上个礼拜把她杀死之后扔进了河里，可是为什么她会出现在冰箱里？

噢，是我杀害了她。我实在太讨厌她了，她十年前就做了苏渡边的情人，所有跟苏渡边上床的女人都得死。

我弄了一把枪，在一个没人发现的地方悄悄地把范芯蕊小姐干掉了。

我以为我做得天衣无缝，谁知竟然还是被人发现了。我猜测应该是赵摩卡把她的尸体运了过来，因为只有他跟苏渡边知道我今天的行踪。

果然，赵摩卡敲门了。

“赵摩卡，真的是你吗？难道我已经死了，所以你来送我的灵魂上西天吗？”我假装无辜地搂住赵摩卡的脖子，做出一副瑟瑟发抖的模样，赵摩卡却把我推开，从大衣的口袋里掏出一把抢指着我。

“按苏渡边的游戏规则，你的确该死去，他在你的酒里放了高浓度的快乐鼠尾草，你只要再喝上几杯就会变得兴奋不已，接着，他就会把你推进海里，最后他会跟警察描述你是跳海自杀的。”

“赵摩卡，你说的故事太吓人了。”

赵摩卡冷笑一声，坐在我对面的沙发上，把枪放在茶几上。

“如果我没记错的话，苏渡边跟你的婚礼原来就是在这里举行的吧？”赵摩卡掏出一份报纸扔在我面前。那是一张发黄的报纸，上面是大篇幅的有关苏渡边和德芙太太的婚礼的报道。

“赵摩卡，你在说什么？你知道我只是跟德芙太太长得相似而已。”

“没错，你这张脸是我制作出来，当年你那张被车祸毁容的脸的确瞒过了我。所有人都以为你已经死了，你却从太平间里逃了出来，而你重新回到樱桃市不单单是想整容，更重要的是你要复仇！”

我沉默不语，我以为换了一张脸就可以掩盖一切，可是还是被赵摩卡发现我的焦虑和不安。

“请问你是如何判断我就是德芙太太的？”

“的确很难判断，那场车祸不但毁坏了你的容貌还包括你的声音。你已经隐藏得很好了，但是还是露出了一些破绽，比如半瞎的X太太是如何根据你的外表判断你是那位喜欢在茶里加蜂蜜的德芙太太？我想她应该是根据你走路的姿势还有你说话的口吻。虽然你极其努力地假装苹果镇的口音，但是依然无法纠正你会把‘冰水’说成‘冻水’的语言习惯。”赵摩卡慢慢地站起身，打算重新拿回茶几上的手枪，我却迅速从地上爬了起来，快速拿起茶几上的手枪，把枪口对准了赵摩卡的太阳穴。

赵摩卡好像一点儿都不慌张，甚至还从口袋里掏出怀表看了一眼。

“你在等人吗？”我好奇地看着赵摩卡手上的怀表，赵摩卡却点点头，他指了指大门——突然大门被人从外面用力撞开，一大波警察闯了进来。

“你刚才看见范芯蕊小姐的尸体发出了尖叫声，这些尖叫声触动了报警器，没想到最后你还是没有你丈夫聪明，德芙太太。”赵摩卡得意地一笑，迷宫的最后一道大门也被他打开了。

樱桃市像是被人投下了一枚重磅炸弹，全市的人都在讨论著名企业家苏渡边被抓进看守所的新闻，还有围绕着苏渡边的各种恩怨情仇，甚至连歌剧院和苏梨小姐生前的画廊都成了人们探秘的地方。

而另一则爆炸新闻就是美容院的广告，他们用我来整容医院前拍的一张大头照替换掉之前的美女头像。

广告词是这样写的：你的脸有她难看吗？她这么难看的脸我们都可以雕刻成美女，那你还在迟疑什么？

赵摩卡的头像和简介依然放在广告的右下角，只不过这一次是他一个人的独照，其他整容医生的照片都被移开了。

我想赵摩卡这段时间一定忙得不可开交，他还会想起我吗？

我现在憔悴极了，监狱里的床阴冷潮湿，它让我的后背疼痛难耐，甚至我都无法挺直腰杆走路。我跟监狱看守员提议可不可以给我加一床床垫，她却对我冷嘲热讽："哟，我们这儿来了一位豌豆公主。"

我只好停止抱怨，好在天气开始变暖，我期望还能在监狱里看到春暖花开。

令我惊喜的是，我居然和苏渡边再次见面，在监狱的探视房里，苏渡边神情疲惫，说话期间还不停地咳嗽。

"我是一个变态，你可以诅咒我。"

"我不喜欢诅咒人，况且你并没有杀死我，我还活着。"

"噢，你别安慰我了，这一切都是我的错，是我把你变成这副变态的模样。"苏渡边伏在桌面上哭泣。这是我第二次见到他哭泣，可是这一次我无法抚摸他，我跟他之间隔着一块透明玻璃。

"不要太悲哀，你仅仅是需要坐几年牢而已，而我将会永远离开这个世界。"我微微笑着，应该愧疚的人是我，我杀了苏渡边的母亲。

她本来不应该掺和进来的，可是她那天见到我的时候，居然用左边那只还有微弱视力的眼睛认出了我，我担心她会破坏我的计划，只好打电话告诉她，如果她不选择消失的话，我就告诉所有人苏渡边的母亲是一个吸毒的女人。

可是苏渡边为什么要杀害我？他不应该发现我就是德芙太太，我已经隐藏得足够深了。

“我母亲是用你之前送她的花瓶碎片割腕自杀的，我想她一定在暗示我什么。本来我对你的身份只是怀疑，但是那天在别墅里你却熟练地找出开瓶器和醒酒器，我想如果不是女主人，一个第一天进来别墅的人怎么可以对厨房那么熟悉。”

“所以你就动了第二次杀我的念头。”我悲哀极了，我现在还记得苏渡边给我买来止咳香膏的场景。那是一盒包装精美的香膏，苏渡边递给我时语气温柔，他说他担心我咽喉炎发作时没办法登台唱歌，所以托朋友从国外给我带来这盒神奇的药膏。

我当真以为他是回心转意了，没想到那香膏居然是毒品制成的，我吃后第三天就发生了车祸。

“对不起，德芙，你还能再给我唱首歌吗？就是那首《我眼前的果汁突然变成了咖啡》。”

“不对，是《我眼前的咖啡突然变成了果汁》。”我继续纠正苏渡边，“你老是把我的歌名记错。”

《我眼前的咖啡突然变成了果汁》

今天的太阳是蓝色的，天空是红色

这样色调搭配得奇怪极了

所以我心情不太好

我心情不好时就喜欢唱歌

我总是喜欢唱这首歌

噢，我眼前的咖啡突然变成了果汁

噢，我眼前的咖啡为什么突然变成了果汁

我好像唱跑调了

可是这有什么关系

我只是唱给你一个人听

你喜不喜欢听与我无关

我要把调跑得更远一点

“太难听。”苏渡边摇摇头，他不喜欢我现在的声音，我也讨厌我现在的声音，也许当初我离开了樱桃市就不该回来。

Chapter 04

我爱你的脸，我更爱你的想象

这条道上长满了石楠树。

春天一到，石楠树上尽是米色的花，满大街的空气里弥漫着一股浓浓的味道，似乎在提醒着那些按捺不住的男人和女人，交配的季节到了……

我本是极其喜欢这个季节的，却因为门口这些石楠树，让我每日的心情都惆怅起来……噢，我讨厌这些散发怪味的树，它只会让我更思念赵摩卡。

我是爱他的，可是我又并不是特别的爱他，我的爱情里包含着爱、性、钱，还有房子，以及一些我也说不清道不明的玩意儿，我也不知道这些奇奇怪怪的信息是如何注入我的大脑的。

爱，不应该是纯粹的吗？

就好像我喜欢的歌手王遇美唱的那样："爱是万能 / 它无所不能 / 但是它却让我眼前充满了雾霾……"

这句歌词棒极了，我最近已经把这首歌来回听了好多遍，我愈发喜欢王遇美的歌喉，甚至我还喜欢她那副冷清的长相：吊梢眼，花瓣唇，鼻子很高挺，却搭配着一张苍白却有些棱角的脸型。

不是一张美人的脸，却让人过目不忘。

我告诉赵摩卡，我需要这样一张脸，一模一样，我感觉我的脸变成这样，我的人生才能发生改变。比如我一定会被街头那些摄影师跟拍，那些广告商也会找到我，搞不好平日瞧不上我的那些有钱人，也会如跟屁虫一般来讨好我、追求我。

"真的要一模一样吗？"

赵摩卡不可思议地看着我，他虽然是一位整形医生，可是他并不提倡整容，对于我这种完全是为了改变生活境遇来整容的女人，赵摩卡是严格拒绝的。他认为整容只是为了恢复那些受伤的脸颊，所以他的生意并不怎么好，像我这种来他整容院的女人大部分都会被他劝回去。

“可是我就是想要这样一张脸，最好连她笑起来的眼纹也要一模一样。”我任性地说道，我估计赵摩卡不会拒绝我。

他喜欢我，他愿意为我做任何事情，我非常坚定地认为，他肯定愿意在这张他深爱的脸上动刀子——但是他这次却拒绝了我，他说让我回去思考一个礼拜再来找他。

他怕我整完这张脸之后会后悔。

我却异常生气，我决定不再搭理赵摩卡，我把他拉进我手机的黑名单里，甚至我还停止更新我的个人博客，我不想他找到我，也不想让他看到我最近的生活状态。

事实上这一个礼拜，我都沉浸在石楠花的浓郁味道里。

在这种交配的季节里，我却一个人孤苦伶仃，每日准时去咖啡馆上班，笑盈盈地给每位用餐的客人送去食物，再一脸黑沉地把客人走后的餐桌清理干净。

没有会注意到我，在他们眼里，我只是一名普通的服务生。

直到有一天，店里来了一位奇怪的客人。

她戴着一顶棒球帽，脸上还戴着一副墨镜，还有一副口罩。我完全看不清她的五官，她说话时也没有摘下口罩，以致于发出的声音非常含糊。

“我需要一份意大利面，还有一杯橙汁。”

“抱歉，这位小姐，橙汁已经卖完了，改成胡萝卜苹果汁可以吗？”我尽量平和地跟客人解释，我知道大部分客人都不愿意接受“自己点的食物卖完了”这种事情。

“橙汁怎么可以卖完？！我无法接受，我绝对不能碰胡萝卜，这种食物会让我的脸过敏的，事实上我的脸已经过敏了，就是因为酒店那该死的早餐面包里混杂了胡萝卜，那个该死的服务生居然没有告诉我，害得我整张脸肿得跟包子一样！”这位客人几乎是咆哮地说着，虽然隔着口罩，我依然可以感觉到她脸上的五官一定是无比的扭曲。

见我盯着她的脸，这位客人先是怔愣了一下，接着，她的怒气再一次冲上脑门，她拍着桌子站起来，指着我的鼻子骂道：“你看什么看呀？难道你以为你有资格看我吗？我告诉你，我脸没肿的时候，你连看我的门票都买不起！”

我被她骂得一头雾水，甚至她还把刚才我倒给她的柠檬水也泼到了我的脸上。我一脸无辜地看着她，正不知道该如何平息她的怒火时，这位客人又扇了我一巴掌。

我被她这一巴掌打蒙了，我并不觉得我哪里做错了，但是很多客人就是喜欢在餐厅里无理取闹，或许她们打心眼儿里认为我们这些服务生就是她们这些高贵人群的出气筒。

“对不起，这位小姐，无论什么错，都是我们的错，这顿饭我们餐厅为您垫付了。”经理急匆匆赶过来，认真地道歉。

只是这位客人似乎还不肯罢休，她向经理投诉我，她说我不尊重她，根本就不配做一名服务生。

经理没有回应，这位客人却冷嗤一声，问："你知道我是谁吗？"

我摇摇头，她穿戴成这样，谁又能认出她是谁？

"那你去停车场看看，看看停车场里是不是有一辆 WYM520 的车！"

经理和我对视了一下，估计他的大脑正在高速运转，而且运转的速度应该是比我快一点儿……很快，他就反应过来，命令另一名服务生赶紧去超市买橙子，而他自己则去盯着大厨做意大利面。

十五分钟之后，这位客人吃到了意大利面，喝到了橙汁，而我，则被经理解雇了。

赵摩卡的美容院离我家坐公交车只有六站的距离，这是一栋独栋的房子，外墙面是黑灰色的，并不像其他那些美容院那般打眼，就像它主人的性格，不温不火。

我完全可以走路过去，但是我讨厌石楠花的味道，所以我不得不戴着口罩坐上公交车，我想尽快逃离这条街。

赵摩卡正在煮水，他刚去买了一些茶叶，他准备待会儿泡一壶茶。赵摩卡坚持认为上午就该喝一些茶水，而不是咖啡。

我把外套挂在门口，一屁股坐在沙发上，再摘去我的口罩，扔到茶几上。

赵摩卡打趣地说："西伯利亚精子树可是春天的象征。"

"是吗？那你怎么不种一棵放在你的花园里？也好带领你走进春

天呀！”我没好气地回应着，事实上这几天我的睡眠质量奇差，我睡不着，也无法咽下任何食物。

“我可不需要种植，只要你愿意靠近我，我也可以散发出那种味道。”赵摩卡本来想讲个笑话逗笑我，但是我根本就不觉得这是一个好笑的笑话，我耷拉着一张脸，连眉头都拧成了一团。

我靠近赵摩卡，试图把脑袋靠在他的肩膀上，但是赵摩卡却一直用正脸对着我，我丝毫找不到机会接近他的肩膀，最后我只好叹了口气，乞求道：“摩卡，我真的很需要换一张脸。”

“可是你有没有想过，万一你后悔了，我可是没有任何办法把你这张脸再恢复成现在这副模样的。”赵摩卡给我倒了一杯红茶，这是一种来自斯里兰卡的红茶，带着浓郁的苦味儿，不放糖是无法下咽的。

“不会，我不会后悔！”我摇摇头，顺便躺在了手术台上。

赵摩卡已经换上了手术服，他修长的双手也戴上了塑料手套。

“请你闭上眼睛，休息一会儿。”赵摩卡冲我微微笑着，他已经在我喝的红茶里放了一些有助于我睡眠的药粉。很快，我就失去了知觉。

我感觉我好像在水里睡着了，我够不着水面，也无法往下沉，阳光从水面上投射下来，我感觉到温暖，但是却无法睁开眼睛。

我睡得很沉。

等我醒来时，这张脸已经完全变了模样。

“啊！这是谁？”我看着镜子里王遇美的那张脸，忍不住伸手去触摸。赵摩卡却阻止了我，他警告我：“你才换完脸，就像刚铺上水泥的地板，还未全干，现在任何触碰都会留下痕迹。”

我点点头，可是我还是无法克制自己的右手，我用食指轻轻戳了一小下，我右脸脸颊下方立刻出现一个指纹印。

天啦，我差点就毁了我这张新脸！

我兴高采烈地在镜子前转了一圈，赵摩卡却哭丧着脸，他并不觉得这张脸比我原先那张脸美到哪里去，特别是我还把一个指纹印留在了脸颊上。

“我的宝贝，这张脸是有缺陷的，你必须留意……”赵摩卡叮嘱着我，我却在全神贯注地自拍，我要把我的照片发上网络，我想一定会有很多人关注我。

果然，十分钟不到，我的粉丝量就涨了好几倍，好多人给我写E-mail。我注意到其中一位男士，他的头像是一辆金色的敞篷跑车。他告诉我他叫荒木，经营着一家酒店，如果我愿意的话，他非常想邀请我共进晚餐。

“对不起，今晚我有约了，明晚不知道有没有时间。”我欺骗着他，我知道这些爱情里的小把戏，叫欲擒故纵。

“没关系，我明晚再来问你，我是极有诚意的，德芙小姐。”荒木马上回复我，他问了我的住址，他要给我送一份礼物。

礼物是一条金光灿灿的项链，配着我白皙的脖颈可是最好看不过了。

我期待着和荒木先生的见面，甚至我还用仅有的五百块钱买了一条连衣裙，我并不想让荒木看出我之前生活的寒酸。这条裙子把我的身材衬托得玲珑有致，我感觉荒木肯定会被我迷得神魂颠倒。

荒木邀请我去吃法国大餐，这是一家非常高档的餐厅，我先前路过时都不敢向里面探望，现在我却成了这家餐厅里最瞩目的女人。

我高兴极了。我喝着香槟，用刀叉吃着牛扒，我使唤着服务生，如同之前王遇美使唤我一样，我听着荒木跟我讲一个关于北欧诗人的笑话，我的人生就是要过成这般模样。

“德芙，你之前是做什么工作的？”荒木托着下巴，直勾勾地看着我，还有我胸前的乳沟，我故意挤出来的。

“我之前都在国外念书，这个月才回来的，没办法，我爸不喜欢我待在国外。”我把杯中的液体慢慢灌入口中，我以为我掩饰得完美无瑕。

“哪个国家？我猜应该是法国，你的穿衣打扮让我想起 Sophie Mason，甚至你说话的表情都和她一模一样。”

“你不觉得我和歌手王遇美很像吗？”我眨巴着眼睛，我可是和王遇美拥有同样的一张脸。

“不不不，你怎么会像王遇美？你像 Sophie Mason，她是我的女神，Je t'aime（法语，我爱你）！”

我微眯着眼睛笑着，我根本听不懂荒木最后一句话是什么意思。

荒木也微微笑着，他告诉我他今年四十三岁，老婆已经去世多年，唯一的一个女儿在国外念书。

这真是一个完美的男朋友！我挽着他的肩膀，坐入他的敞篷车里，我们在分别时吻了很长时间，我感觉到他对我的喜爱，我也很喜欢他。

不，我喜欢荒木喜欢我的这种感觉，我喜欢坐在敞篷车里接吻。

我回到家中，打开我的个人网页，把今晚吃饭的照片发到网上。我并没有发荒木的照片，我贴出来的只是我自己的照片，我和香槟的合照，我和窗外美景的合照，还有我和那辆金色敞篷车的合照……我收获了很多的赞美，包括赵摩卡。

他给我打了一通电话，说：“德芙，你知道吗？你今晚约会的那个男人，在他的个人网页上贴了你和他的合照，他说他今晚和王遇美约会了。”

我有钱了。

广告商主动找上我，他们看上我这张长得像王遇美的脸，他们让我拍各种广告，他们故意把镜头切换得很快，让人以为真的是王遇美在拍广告。

这是我这个礼拜接的第三支广告，卖卫生巾的，我穿着一件睡衣在一张洁白的大床上蹦蹦跳跳，等导演给我手势，我就躺在床上，对着镜头做一个飞吻的姿势。

“白翅膀卫生巾，让你一晚上不侧漏！”

这是我在这支广告里唯一的一句台词，导演让我说这句话时侧着半边脸，这样的姿势会让我更像王遇美。

我按照导演的要求做完了全部的动作，我以为工作已经结束了，但是白翅膀卫生巾的老板却不满意，他觉得我的睡衣太长了，亲自帮我剪短了十厘米，这样我蹦蹦跳跳时，睡衣里的内裤可以若影若现。

唉，我不介意，我为何要介意？这副身体都不是我的，我又何来介意给人看到我的内裤呢？

“还是太长了，我希望可以看到内裤里面的卫生巾。”这个胖胖的男人摇摇头，他的名字叫冯二，头发有些秃，说话的时候总是下意识地用中指戳一下眼镜框。

“嗯，当然可以，但是我需要加点儿钱。”我打了一个哈欠，我实在有些累了，这几日我都是在荒木的酒店里过的夜，我没有睡过一日的好觉。

等我脸上的表情恢复正常之后，我朝着冯二眨巴眨巴眼睛。

“可以，我愿意加一倍的钱。”冯二小鸡啄米般地点头，他预感这次白翅膀卫生巾一定会大卖。

冯二的预言极其准确。

第二日，网络上就疯狂流传着名为《王遇美拍摄白翅膀卫生巾广告》的小视频，里面的女人搔首弄姿，模样迷人极了——没有人怀疑这个女人不是王遇美，这就是王遇美嘛，连笑起来的眼纹都一模一样，这世上不可能有人和她这般相似。

与此同时，王遇美经纪人的电话简直要被新闻记者打爆。

“王遇美的腿看起来像是O型腿，难道平时的照片都是P的吗？”

“王遇美是不是遭遇了经济危机，连这种广告都会拍？”

“王遇美下一部戏是不是有激情画面？所以这支广告是预演吗？”

……

我想王遇美很快就要来找我了，只是我没想到她堵住我的地点居然是在当铺门口。

荒木送给我一只名牌包包，我把它拿去卖了，然后去网上买了一只假的包包，这样荒木就不会发现其实我把他送我的东西卖了。

我干了好几次这样的事，我手上的项链、戒指，甚至还有香水，我都卖给了这家当铺，我不需要用名贵的东西，我只喜欢钱。

戴着口罩的王遇美拦住我。

"呸，你这个变态，居然冒充我去拍广告！"

"啧啧，你这张脸肿得这么难看，难道要我告诉所有人，其实你根本就无法见人了吗？"我反击着，我知道王遇美这张脸早已毁掉了。她上个礼拜找了赵摩卡，希望赵摩卡可以帮她妙手回春，怎知赵摩卡最近不在家，王遇美绝望极了。

"你要是敢说出去我就撕烂你这张嘴！"王遇美叫嚣着，她生气时的模样活像一只激动的火鸡，我忍不住哈哈大笑起来。

我指着她那张脸骂道："王遇美，你没脸见人了，你还是赶紧滚回家吧，难不成你还希望路人发现我在和你吵架？"

王遇美怔愣了一下，她的确很担心这个问题。

我凑近她，继续说道："而且呀，我现在这张脸比你更像王遇美，你说别人是相信你是王遇美，还是相信我是王遇美呢？"

王遇美不再吱声，我大笑起来，扭着腰，往街那头走去。

我接到王遇美经纪人的电话，她约我明天见面。我不是很想见她，我以为她要起诉我，毕竟她和王遇美不一样，她不但是经纪人，还是一个聪明的女人。

"No，我是找你谈正经事的，怎么会起诉你呢？宝贝。"

她喊我“宝贝”，我觉得不可思议极了。

这是我之前工作的咖啡馆，我进门时故意戴着一顶帽檐很宽的尼龙帽。经理已经认不出我了，他微微弯着腰，不敢直视我。

经纪人早就坐在椅子上，她面前的咖啡喝得只剩一半了。

“宝贝，你简直和王遇美长得一模一样，太棒了！”经纪人第一次这么近距离地见到我，她的眼珠鼓了出来，像两颗弹珠。

我捂着嘴偷笑，拿着银勺子搅拌着杯里的咖啡，顺便偷偷打量着身边的服务生，还是先前那几个，但是没一个人发现我的异样。

“谢谢夸奖，可是我不会唱歌。”

“没关系！”经纪人啜了一口咖啡，估计咖啡太凉了，她眉头蹙了一下，喊服务生给她再上一杯新的咖啡。她继续对着我笑，努力挤着脸部的肌肉，说，“你不用在现场唱歌，你只用扮演好王遇美这个角色就行了，王遇美的脸已经被胡萝卜毁了，我需要你代替她！”

“什么叫代替她？”我睁大双眼，我真是不理解经纪人的这句话。

“从现在起，你就是王遇美，你的一举一动就代表着王遇美的一举一动，我会给你很多钱，从此之后你就是万众瞩目的大明星！”

我倒吸了一口凉气……天啦，居然会有这种事！

我犹豫，我挣扎，我把我的脸变成这样并不是为了变成真正的王遇美，我只是希望改变一下我的生活。

经纪人似乎看出我内心的活动，她把一份合同递了过来，手指敲了敲合同，说：“看这里，你的收入！”

我再次瞪大双眼……

我想着我来地球的目的，我本来就不是自己，我也没有必要一直做“德芙”这个女人。

“成交！”我在合同上签上我的名字，经纪人立刻起身，拥抱了我一下，我看见经理瞟了过来，他还是没有发现我的异样。

经纪人告诉所有的记者，那支广告上的女人就是王遇美。

“王遇美今后的演艺路线并不局限于歌唱事业，还有影视，她将会与好莱坞导演合作，她要面向全球的观众。”

新闻记者再次炸了，一向走冷淡路线的王遇美居然会接这样的广告，这绝对是一条劲爆的新闻。

令人不可思议的是这条新闻让王遇美的人气再一次暴涨！

冯二的白翅膀卫生巾也跟着大卖，硕大的广告横幅挂在市中心最高的大厦上，广告上的王遇美看起来非常醒目。

那是我，不是王遇美。

经纪人安排我参加各种活动，颁奖、走秀，还有当歌唱比赛的评委，电视台上所有王遇美的面孔都是我。没有任何人怀疑我身份的真实性，我所到之处都有保镖在前头开路，我只要戴着墨镜，朝我的粉丝挥挥手就行了。

今日的活动是电视台的访谈节目。

经纪人已经把写好的台词递到我手上，我看了好多遍，我相信我已经背得滚瓜烂熟了……

演播厅布置得非常温馨，我坐在一张枣红色天鹅绒质地的沙发上，一头柔软的长发披在我的左胸上，我手上端着一杯咖啡（其实是一杯水，经纪人担心咖啡渍会把我的口红弄花)。

主持人坐在我对面，她看起来很紧张。

“你好，遇美，听说你下个月要参加《我爱上你煮的西红柿汤》这部戏的拍摄，你能跟观众朋友们透露一下剧情吗？”

我点点头，这一个问题我刚看过，我会回答。

“这是一部科幻大片，讲的是一个女人骑着彗星来到地球，然后爱上一个地球上的男人，两人爱到情浓时，女人又不得不离开地球。”

“这是一个悲剧吗？听起来真是无聊极了。”主持人“咯咯”地笑了起来，可是很快，她就发现她背错台词了……那句“听起来真是无聊极了”，应该是在第四个问题的时候说，她把台词弄混淆了。

主持人面部表情僵硬，她正在努力想着怎么应付这个尴尬局面。

我眯缝着眼睛，也努力想着接下来该怎么说话……我看见不远处，镜头下方，我的经纪人正在拼命挥舞着手势，可是我却没搞明白这个手势是让我立刻走下去，还是让我打女主持一巴掌。

噢，我打了女主持人一巴掌！

“天啦，王遇美打我！”女主持人捂着脸，我以为她会打回来，结果她以迅雷不及掩耳之势摔在我的脚底下，好像是我那一巴掌把她打倒在地一样。

甚至她还把她的裙子往上扯了扯，好让她的粉红色小内裤露出来。

好事的人群纷纷拿起手机，记录下如此珍贵的一刻。我愣在原地，像一个被施了冷冻术的人。经纪人火速把我从场上拽了下来，我这才醒悟过来，哭着询问经纪人该怎么办。

“你被那个女主持人消费了，她要红了。”经纪人无奈地摊开双手。

“什么叫被消费？我又不是商品。”我莫名其妙地看着经纪人，经纪人摇晃着她的双臂，她知道我还不理解娱乐圈的术语。

“你就是商品，那个白痴主持人要借着你的名号红了。你等着瞧吧，各种爆料都要出来了，我们要赶紧想办法转移观众的视线……”

经纪人说完，就陷入深深的沉思里。

许久，她打了一个响指。

“你需要爆出一段恋爱！”

“啊？现在吗？”我紧张起来，我并不觉得这是一个好主意。

“对，马上，让观众的注意力转移，他们就不会去理会那个女主持人的戏了。”经纪人夸张一笑，还翘了一个兰花指。

“可是我现在没有可以谈恋爱的对象，我的意思是，如果一定要选一个单身的男人，估计只有荒木先生了，但是他并不是理想的结婚对象。”我拧着眉头，我无法想象把可怜的荒木先生推向风口浪尖……

经纪人点点头，她知道我昨天晚上又去了荒木的酒店，她也知道我从头到脚都是荒木先生送的——其实全是我自己买的假货。

经纪人通知记者，她告诉记者，今天晚上我会出现在XX酒店门口，和一个老男人在一起。

我特意挑了一件大T恤，穿了一条牛仔裤，看起来我打扮得极其随意，其实我连眼角处都画了眼影。我对着镜头摆动作，甚至我还故意搂着荒木的脖子，荒木很是惊讶，事实上我们俩在外面连手都不牵，我们只是在关上门之后才会表现得非常亲密。

今天晚上，我先是挽着荒木的手腕，然后我故意说：“亲爱的荒木，我想喝杯果汁，你去买给我好吗？”

“当然可以，可是你想喝什么果汁？”荒木有些惊讶，但是他还是依了我。他知道我最近很红，他并不计较我究竟是真的王遇美，还是假的王遇美，他只是喜欢带着我出席各种聚会，我只需要像一只乖巧的小猫咪一样坐在他身边，他就可以顺利地和对方签下合同。

我嘟着嘴说：“给我买一杯胡萝卜苹果汁吧。”

荒木很快就给我买了一杯胡萝卜苹果汁，我吸了一口，又故意把吸管递给荒木，荒木也吸了一口，我们俩看样子像一对热恋中的情侣，这就是经纪人要我表现出来的效果。

我左手拿着果汁，右手挽着荒木，我们肩并肩朝酒店走去，酒店的自动门关上时，我忍不住往后看了镜头，我担心镜头会把我拍丑，我必须时刻保持美丽的形象。

记者们惊讶极了，他们根本就忘记了那个倒霉的女主持人要召开新闻发布会。本来女主持人已经准备了十页纸的台词，她要讲述我和她的恩怨史，甚至还买了几个互联网炒作团队，准备在网上把“王遇美扇女主持人耳光”这个话题炒火，结果我和荒木先生的街头亲吻照被曝光，没有任何人来关注她了。

她沮丧极了。

荒木气恼极了。

他把我约到酒店，我本来以为他就是单纯地想和我睡一晚上，怎知他的想法并不单纯。

他喝了一些酒，他不用开口，我都闻到了他身上的酒精味儿——应该是威士忌，还兑了一些冰水。

“这些照片是怎么回事？”

“我……我不知道呀！”我低着头，假装很是委屈的模样。

“你不要骗我，我又不是只交过你这一个网红女朋友，你让记者蹲守在酒店门口拍我们俩，究竟有什么目的？这是你打算跟我逼婚的方式吗？”荒木觉得他被我耍了，他越说越气愤，于是他狠狠地扇了我一巴掌，我的脸顿时红肿起来。

他扇我扇得太用力了，我的左半边脸好像要着火了，火辣辣地疼。

“荒木，你想太多了，我不想和你结婚！”我解释着，我的确不想和他结婚，现在可是我演艺事业的高峰期，我怎么会嫁给一个丧妻的中年男子，去做一个叛逆期少女的后妈呢？

我的左半边脸实在是痛得厉害，以至于我的嘴角不由自主地歪了。

“我不管你要不要和我结婚，现在的问题是，我老婆给我打电话来质问我，她要和我闹离婚，我怎么可能跟她离婚？我才不要给那个黄脸婆分一半的身家。”荒木咆哮着，和之前温文尔雅的他判若两人，他的口水夹杂着酒气喷到我脸上，我立马觉得恶心。

“你有老婆？”我怔愣住了，荒木不是说他的老婆已经死了吗？

我还以为他是一位孤单的中年男子，每天勤勤恳恳地工作，供他的女儿在美国读书，虽然有好几个女朋友，但是并不影响他和我的相处。

如果我知道他有老婆，我一定不会曝光我和他的关系……天啦，我一定会被经纪人骂死，我居然和有妇之夫勾搭在一起，这可是会把我的声誉全部毁掉的。

荒木抬了抬眉头，顺便点燃一根烟，他猛抽了一口，对着我红肿的左半边脸吐出一口烟雾，说："对，我有老婆，但这是我的私事，我想告诉谁就告诉谁，我心情好的时候说我老婆死了，我心情不好的时候就说我还是未婚，有问题吗？"

"当然有问题，你让我成为一个偷人老公的第三者，你会毁了我的声誉！"我咆哮起来，不顾左半边脸的疼痛，我跳起来想扇荒木一巴掌，但是在我的手扬起的瞬间，荒木一脚踹向我的腹部。我捂着腹部，以为荒木会收手，结果，他又拿着花瓶砸到了我的脑门上。

我的额头处被砸出一个大洞，出了好多的血。

我惨叫了一声，不小心触碰了服务按钮……很快，就有服务生来敲门，他们以为我遇到了难题，急需有人帮忙。

荒木这下慌乱起来，他想把我从这房间里弄出去，我却按住他的手。我必须叮嘱他："千万不要说是你打伤我的，你要和其他人说，是我不小心摔伤的。"

荒木如小鸡啄米般点点头说："好好好，不是我打伤的，是你自己摔伤的。"

大门被打开了，服务生一脸惊愕。

"小姐，你……你看起来伤得很严重。"

"我知道，请尽快把我送去赵摩卡美容院！"我捂着额头，血顺着我的手指流了下来，滴答滴答，看起来触目惊心。

“可是，你确定不是去医院吗？”服务生和荒木都摸不着头脑，在人类的思维里，受伤的人都必须送去医院。

“对，我必须见到赵摩卡！”我十分执着，这世上只有赵摩卡可以治好我所有的疾病。

服务生看了看荒木，荒木犹豫片刻，他决定不听从我的意见，拨打了急救电话……

我无法阻止他们。

救护车赶来之前，阴魂不散的八卦记者赶到了酒店门口，我忍住疼痛走了出去，我不得不跟他们解释，我是刚从淋浴间出来，一不小心摔到地面上，所以额头才会磕破。

“但是你的脸也肿了，这也是摔伤的吗？”

“对！”我点点头，“我是额头先着地，然后我翻了一个身，又把左半边脸压住了，所以就肿成这样了。”

“那你腹部的那一块淤青是怎么来的？”

“哦，我摔到地板上时，地板上正好有一本书，压住我的腹部导致的。”我解释得很到位，没有任何破绽，我希望荒木给我作证，他却消失得无影无踪。

救护车上下来了好几个穿着白色大褂的人，他们把我架上了救护车，虽然我一直申辩我绝对可以自己走去医院。

没人理会我，我被迫打了一管麻药，这玩意儿让我迅速晕了过去。

医生趁我睡着的时候，把我额头上的伤口缝好，还给我做了全身检查，他们发现我根本就没有心跳，而且他们也治不好我左半边肿胀的脸……正当他们对我束手无策时，我的经纪人闯进了手术室。

“对不起，我要把她带走！”

“这位小姐，这里是手术室，你是怎么进来的？”医生惊恐极了，经纪人却从口袋里掏出一只巨大的麻袋，她麻利地把我装了进去。护士们终于反应过来，她们想来阻止经纪人时，她已经把我拖到了窗户边。

经纪人把窗户推开，所有人都尖叫了一声，他们以为经纪人要跳下去。

她怎会跳下去？她还有很多钱要赚，她不能死。

她把麻袋扔了下去。

我感觉我再一次坐上了彗星，我再一次体会到这种急剧下落的感觉……

窗户下面，放着一些水泥袋，本来是准备明天修葺医院墙面用的，但是今晚却救了我一命——经纪人算准了下面有这些水泥，她知道摔不死我。

黑暗处来了几个人，他们穿着黑衣服，然后他们把我运上车，我还是沉睡不醒，这辆车驶去的方向是赵摩卡美容院。

我再次醒来的时候，发现我躺在赵摩卡的房间里。

“摩卡，太好了，我终于见到你了。”

“宝贝，真是为难你了。”赵摩卡无限怜爱地看着我，他刚给真正的王遇美做完手术，实在是有些疲倦，“让我来看看你这张脸……唉，你为何要去碰胡萝卜，这种东西会毁了你的脸。”

“难道我和王遇美一样，一碰胡萝卜就会过敏？”我大吃一惊，我没想到我连她脸上这个诡异的毛病也继承了。

“看样子是。”赵摩卡点点头，他也很无奈。

“摩卡，我需要多长时间才可以恢复正常？我还有一部电影要拍摄！”我难受极了，我真的哭了。

赵摩卡给我倒来一杯柠檬水，他抚摸着我的头发，温柔地说道：“宝贝，你听我说，王遇美的经纪人已经把王遇美接走了，估计她应该不会再聘用你这个替代品了。”

“你说的是真的吗？”我惊恐极了，我双手都开始发抖，手上的杯子瞬间滑落，摔得粉碎。

赵摩卡撇了撇嘴，他指了指墙上的那张照片，他下午刚给王遇美拍的。照片上的王遇美笑得极其灿烂，皮肤吹弹可破，她还让赵摩卡把她的眼角纹、法令纹都给修复了，还做了一个微笑唇，她看起来更年轻更清纯了。

“摩卡，我困了。”我叹了口气，事到如今，我也不知道我能做点儿什么，我脑袋痛得厉害，我需要好好睡上一觉。

赵摩卡给我点燃了香薰灯，我很快就进入熟睡期。

我梦见我回到了月球上，我坐在一张白木桌子旁边，桌子上摆着一碟牛油饼干，还有一杯刚煮好的咖啡。远处，威廉拿着望远看着我，他的嘴角绽放出一丝好看的笑容，可是我却毫不在意。

威廉问我要不要去火星上玩耍，他准备了一本博尔赫斯的书，还为我学习了一首曲子，他要亲自弹给我听。尽管他的钢琴已经许久没有调音，甚至还有些摇摇晃晃，必须要在左下方垫着一个木块。

我朝威廉眨巴眼睛，我想开口跟他说话，可是我发现自己竟然无法发出声音，太诡异了……

“这是梦！”我在梦里跟自己解释道。

“对，德芙，这仅仅是一个梦！”赵摩卡捏了捏我的手腕，他把我叫醒，他认为我睡得够久了。

我清醒过来。

我坐起来后的第一个动作就是抚摸我的脸蛋儿，我实在是太紧张我这张脸了，这可是我吃饭的工具，我还指望着用它夺回我先前拥有的一切呢。

“谢谢，赵摩卡，我要走了，我要把王遇美从台上赶下来。”我恶狠狠地说道。事实上我说话的表情一定难看至极，但是赵摩卡并不介意我这副凶神恶煞的表情，他知道我从哪里来，也知道我早已不是月球上那个单纯的小女孩。

可我却不知道赵摩卡为何知道这一切？

“亲爱的德芙，你的脑袋里装了太多不该装的东西，你必须学会清理，忘记那些不好的东西，记住那些美好的瞬间。”赵摩卡温柔地笑着，他的笑容让我想起了威廉，他也是经常用这种表情和我说话。

“No，你不懂，此刻我的内心备受煎熬，我必须要打破我的懦弱，才能过上我想要的生活，比如，钱、美貌，还有被人尊重。”我一边说一边换上衣服，我刚想到一个绝妙的主意，这个主意绝对可以把真的王遇美拖下台，我要让她再也无法走上台去唱歌。

我急匆匆地走出门，拦下一辆的士，我让司机把我送去市郊，那里有一座工厂，铁门上写着“非请勿进”，一条苏格兰牧羊犬很不友好地冲着我狂吼。

我对着它吐了一口唾沫，从包里掏出一部手机，这部手机还是荒木先生送我的。

“亲爱的冯二，我在你工厂的门口。”我冲着电话那头娇滴滴地说。

“哦，有事吗？”冯二很警惕，昨日王遇美跟经纪人澄清那支卫生巾广告不是她拍的，说她怎么会去代言那么低级的玩意儿，简直是对她智商的侮辱！经纪人为了安抚王遇美的情绪，只好在公众面前改口，称王遇美是被人威胁才拍的那支广告，王遇美永远不会再和白翅膀卫生巾合作。

更倒霉的是，冯二的白翅膀卫生巾还被不怀好意的人举报，说是荧光剂超标。冯二这段时间焦头烂额，他索性躲去了市郊的工厂里。

他不知道我这个被抛弃的假王遇美还来找他做什么。

“冯二，我们需要合作，我帮你卖卫生巾，让你的卫生巾销量上涨，你帮我夺回属于我的位置。”

“可是王遇美已经发了声明，她永远不会再接拍白翅膀卫生巾的广告！”冯二显得很无奈，自从王遇美发出那份声明之后，他的卫生巾销量就直线下降。

“我们可以不拍广告，用另一种方式表现出王遇美其实还在使用白翅膀卫生巾。”我在电话里告诉冯二我那份完美的计划。

冯二沉思了片刻，随后，他挂了我的电话。

我以为冯二不会再搭理我了，可是我却看见那头苏格兰牧羊犬朝我傻呵呵地吐舌头，我正气恼着这只狗真是一个演技派……不远处，如同一个皮球般的冯二就朝我走了过来。

冯二嘴里叼着一根硕大的雪茄，他的身后是两名身材高大的保镖。我冷嗤道：“冯二，你见我还要带保镖吗？”

“当然，你根本就不知道和你说话的人，究竟是人，还是一只狐狸，或者是一台机器人，搞不好，还是外星人，所以我必须学会保护我自己，这是常态。”冯二对着空中吐出一口烟雾，烟雾努力地往上蹿，蹿到我的头顶上，它们想恐吓我。

我白了它们一眼。

“如果此事成功，你必须继续帮我代言白翅膀卫生巾。”冯二从口袋里掏出一份合同，递过来。

我迅速扫了一眼合同，事实上，我压根就没有看仔细，人类的合同都是一厢情愿的幻觉，看与不看后果都是一样的。

我在空白处签上我的名字。

网络上开始流行一段视频。

喝醉酒的王遇美躺在沙发上，她似乎是在熟睡，但是又似乎是在窃笑，她的裙子被掀翻上去，露出黑色的小内裤……那是一条可爱的小内裤，上面还有一块卫生巾。

王遇美嘟囔着，随手拿起桌面上的白翅膀卫生巾挡住自己的脸，说：“哎呀呀，你们别拍了，我要睡觉了，我困死了。”

视频看起来像是一个人用手机录制的，可是这个人是谁？为何可以录制到这种视频？网络上的人们纷纷提出自己的猜测，有人猜测是最近和王遇美一起合唱的男歌手，也有人猜测是之前曝光的荒木先生。真的王遇美上台之后，就说和荒木分手了，幸亏和他分手了，否则被记者深挖下去，王遇美可就真成小三了。

还有人猜测王遇美交了新的男朋友。

这不是冯二帮我拍这段视频的最终目的，他需要人关注到桌面上那盒卫生巾。冯二专门制作了一盒印着大大的白翅膀 LOGO（标志）的卫生巾——虽然视频像素很差，可是没有人认不出那个 LOGO。

王遇美气炸了。

她才参加完流浪猫猫狗狗收养的活动，还在个人博客上宣称自己是素食主义者，怎知却爆出一段尺度这么大的视频，这可是和她最近走的冷淡路线完全不匹配。

“我被那个贱人陷害了！！！”王遇美咆哮着，她恨不得把手伸进视频里，抓住那个睡在沙发上的小荡妇，把她撕成七八块。

经纪人却耸耸肩膀，说：“我不关心你有没有被人陷害，我看到的是，‘王遇美’三个字的热度已经冲上网络第一名，我真是喜出望外。”

“可这不是我，我要去告这个小贱人，还有白翅膀卫生巾的厂商！”王遇美气得浑身发抖，经纪人却拦住她，说：“不可以，这个话题还没有完全发酵，我怎能失去这个大好的机会，趁现在赶紧推出你的新专辑，还有之前拍的那部电影也要上映了，你要是敢破坏这个话题的热度，我就揭穿你全部的事情！”

王遇美愣住了……

她只能选择沉默。

她没办法不听经纪人的话。经纪人就是驯兽师，王遇美就是她脚底下的小兽，不听话的代价很严重，要么挨几鞭不给饭吃，要么就完全被抛弃……无论哪个结果都不是王遇美想要的。

经纪人趁热打铁，视频出来的第三天就让王遇美召开新专辑发布会。

发布会上，王遇美穿着白 T 恤牛仔裤，头发长而卷，笑意盈盈地站在台上。她身后是一张专辑海报——王遇美躺在沙发上，动作和视频里的那个女人一模一样，只是她的小内裤没有露出来，茶几上的卫生巾也换成了一杯咖啡。

经纪人故意让人按照视频画面拍摄新的海报。

“这叫炒作，你知道吗？”经纪人警告着王遇美，让她按照剧本演下去，不要出任何差错。

前半个小时，发布会进行得十分顺利，主持人按照编排好的剧本问王遇美：“遇美，听说你在创作这张专辑时，被人抛弃了，能跟我们谈谈当时的心情吗？”

“是，我当时非常难过，我那么爱他，他却把我喝醉酒的视频放到网上，所以我选择了分手。”王遇美眼里含着热泪，似乎很艰难地诉说着。

“请问当时你是在他家吗？”主持人穷追不舍。

“这个……我不方便透露。”王遇美咬着下嘴唇，她忘记了接下来她要说些什么。

旁边的经纪人轻咳了几下，主持人立刻换下一个问题。

“遇美，新专辑里有一首歌叫《一滴不漏的夜》，和你之前的曲风不太相似，能跟我们说一下你为什么要挑选这样一首歌？”

王遇美的嘴角抽搐了几下。这首歌是白翅膀卫生巾的广告曲，若不是经纪人逼迫她，打死她都不会演唱这样曲风的歌曲。

“嗯，是这样的，我也想尝试新的曲风，好给我的粉丝们带来全新的体验。”

“那你能不能给我们清唱几句？”主持人微微笑着，像戴着一张假面具。

王遇美忍住内心的厌恶之情，极其勉强地点点头。

《一滴不漏的夜》

噢啦啦，噢耶耶

我的肚子里像是安装了一台挖掘机

一整晚不停地干活

我弄不明白，我到底是肚子痛，还是要拉肚子

感谢白翅膀卫生巾

它让我度过了一滴不漏的夜

主持人带头鼓起掌，底下的粉丝们也开始尖叫，王遇美尴尬地笑着，忍不住从嘴里冒出一句：“白痴！”

“遇美，你刚说了什么？”主持人莫名其妙地看着王遇美。

“没什么！”王遇美慌忙解释，可是她的喉咙里又冒出一句，“白痴！”

“噢，天啦，你骂我白痴！”主持人惊恐起来，他看着经纪人，经纪人也很惊恐，她没有安排王遇美说这句台词啊。

“白痴啊，你就是一个白痴啊！”王遇美嘴里接连蹦出这个词，她一开始还想捂住嘴，可是后来她越说越爽，竟然噼哩啪啦说了好几遍。

主持人疯了，他拿着话筒砸向王遇美，王遇美却迅速躲开，她跳到桌子上，指着主持人继续骂他白痴。

底下的人群沸腾起来，有人尖叫，有人怒骂，还有人鼓掌……王遇美被吓得“哇”的一声哭了起来，经纪人只是让她假哭应付一下，她却真的哭了。

她也不知道她为什么要骂主持人白痴。

王遇美哭得很凶猛，她的白色T恤都被哭湿了，她蹲在地上，用手臂把自己抱住，脑袋埋进膝盖里，只露出黑色的头发。

经纪人在台下暗示王遇美，她已经哭了半个小时，接下来要假装晕倒了。

王遇美却没有看到这个手势，她还在哭泣，她的眼妆已经哭花了，睫毛膏沾在眼睛下方，让她看起来像极了一只大熊猫。

经纪人气急败坏，她趁人不注意，把一只玻璃瓶砸向了王遇美。王遇美“哎呀”一声，终于晕倒在台上。

经纪人松了口气，总算让台上的王遇美安静下来了。

第二日，整个新闻版面都是王遇美新专辑发布会的消息，还有人写专栏来点评王遇美最近的变化，从她的星座到她的原生家庭，还有她喝咖啡时拿勺子搅拌的姿势，通通做了分析，总之大家都觉得王遇美现在情绪诡异，完全无法理解。

可是无论外界怎么说，王遇美的确是比以前更红了，红到连她去上厕所都有人跟拍。上个礼拜，她去一家便利店买了一杯热可可，她刚喝上一口，就看见三四个人在偷拍她，吓得她把热可可摔到地上，然后夺门而出，结果第二日就见有人在网上贩卖“王遇美用过的纸杯”。

王遇美觉得她被人监视了，监视她的人无处不在，她感觉她要窒息了。

经纪人却沾沾自喜，以为搭上了视频这辆快车，怎知道王遇美居然在公寓里自杀了。

最先是帮王遇美打扫公寓卫生的钟点工发现这件事的。早上，钟点工如往常一般开门进去，她一般先打理厨房，然后再去打扫客厅和厕所，最后才敲了敲王遇美的卧室门。

“王小姐，请问您在睡觉吗？”

房间里很安静，钟点工猜测王遇美要么是在熟睡，要么就是不在家。

王遇美经常不在家过夜，钟点工已经习惯了，反正王遇美给了她公寓的钥匙，她每次来之前给王遇美打通电话就行了。今天早上她给王遇美打了电话，王遇美在电话里说，让她半个小时后再过来。

钟点工继续敲了敲门，敲门的手劲儿大了许多，但是里面还是没人回应。

“也许她出门了。”钟点工自言自语道。她把门推开，上个礼拜王遇美让她把卧室的窗帘洗了，可是这几天一直下雨，今天好不容易出了点儿阳光，钟点工打算把窗帘卸下来。

于是钟点工走了进去，屋内灯光暗淡，让她以为地板上的液体是王遇美碰倒了水杯洒下来的液体……很快，她就发现她的理解有误，那不是普通的液体，而是血！

王遇美自杀了……

她死的方式非常奇怪，她先是拿绳子把自己的脚给捆了一个死结，估计是为了防止自己疼痛不已半路放弃，接着她拿着水果刀割破了自己右手的血管，很快她就感觉到了疼痛，但是双脚已经被捆住，她无法挪动，最后不得不等待死亡。

“天啦，她怎么可以死了？她还有七个通告没有去，她下个月还要参加新电影的拍摄！”经纪人从接到钟点工的电话开始就一直惨叫，这比她亲妈死了还要让她难过。

经纪人一边哭一边手忙脚乱地把尸体拖进冰箱里，她不能让人发现王遇美已经死亡，她需要找一个替代品。

经纪人还叮嘱钟点工，千万不要把此事说出去，她给钟点工塞了一沓钞票，她甚至都没来得及数清楚究竟有多少钱。

“拜托，你就当什么都没看见，求你再也不要出现在这幢公寓里。”经纪人哭喊着，她压根儿不害怕死尸，她害怕她失去赚钱工具。

钟点工见过了太多离奇的事情，所以她并未有太夸张的表情——上个礼拜，她在另一间公寓里，看见一个男人正和一头母猪躺在床上，男人还给母猪穿上一条蕾丝睡裙，像搂着自家老婆一样搂着母猪。

钟点工如果会写作，她会把这些年经历的事情通通写下来，她一定可以成为畅销书作家，可惜她只会计算一只碟子能用多长时间，以及每天可以从雇主家里顺走几卷纸巾这样的事。

“我想我什么都没有看见！”钟点工把钱揣进包里，匆匆离去，跟往常一样。

经纪人坐在擦干净的地板上哭了好几个小时，她哭累了，打算起身找一杯水来喝时，突然看见王遇美留的遗言——我再也不想做王遇美了！

经纪人怔愣住了……她想到了我。

经纪人给我打电话，电话里她的声音颤抖着，她问我能不能马上赶来演唱会现场：“演唱会马上就要开始了，我需要你，宝贝。”

经纪人竟然又喊我“宝贝”。

“可是我不会唱歌！”我用下巴和左边的肩膀夹住电话，腾出右手拿着指甲刀给左手剪手指甲。

“没关系，宝贝，你只要站上去，随便唱就行了，其他的我来搞定。”经纪人一边说一边跺脚，眼看着演唱会还有半个小时就要开始了，死去的王遇美却躺在冰箱里，毫无动弹之力。

这场演唱会是白翅膀卫生巾赞助的，门票已经全部售完，如果王遇美不出现在演唱会上，经纪人可是要赔许多钱的，她是坚决不会把吞进去的钱再吐出来的，这不符合她的处事原则。

“可是你会不会只用我这一回呢？过段时间你又把我抛弃了，我可没工夫跟你演这一场戏。”我躺了下来，旁边睡着荒木，我们俩刚做完床上运动，他正发出均匀的呼吸声。我剪完手指甲，抚摸着荒木刚送给我的包包，心里充满了感激，我知道荒木没有忘记我。

荒木是在视频拍摄完的第二日找到我的，他向我忏悔之前的行为，他希望我能原谅他，他还送来了一枚钻戒，还有这只羊皮做的手提包。

我摆着一张无所谓的脸，我真是无所谓，反正我的脸是假的，我的胸是假的，我全身上下都是假的，荒木抚摸到的只是一副假的躯体，于我来说，我压根就感受不到任何快感。

“不会，我这次会永久聘用你，只要你的脸不垮掉！”经纪人在电话里咆哮着，她真是焦急死了，她已经花了十分钟给我打电话，现在离演唱会开始只有二十分钟了。

床上的荒木翻动了一下身体，我立刻屏住呼吸，我以为荒木要醒来了，没想到他只是翻一个身，然后继续熟睡，他在睡梦里喊着“王遇美”。

真是奇怪，荒木为什么会喊“王遇美”，难道他们认识吗？

经纪人继续在电话里催促我，我被她缠得毫无办法，只能答应她。

“好吧，我马上就出现！”

这是一场梦幻的演唱会。

舞台隐藏在一只硕大的白色贝壳里，待到观众全部入座之后，贝壳慢慢打开，里面飞出无数的粉色泡泡——人们以为王遇美藏在里面，所有人都伸长了脖子张望。

怎知我背后插着白色翅膀，从空中飞下来，落在了舞台上。

噢，我必须再次提醒你们，这场演唱会是白翅膀卫生巾的厂商赞助的。

观众们沸腾起来，他们纷纷站起来，喊着“王遇美”三个字，甚至还有激动的粉丝越过栅栏，想和我近距离接触，结果被保安赶了回去。

“亲爱的们，让你们久等了。”我轻轻落在舞台上，如同一位美丽的仙子。我身后的白翅膀从我身上脱离，它慢慢升了上去，悬在半空中，远远望去，好似一片巨型的护翼卫生巾。

音乐声响起来了。

我压根儿就不会唱歌，经纪人让我尽量对上口形，我低声吟唱，我在高音处故意蹙着眉头，我这般模样真像一位优秀的歌唱者。

这首歌是这样唱的——

《爱是万能》

我希望我不爱你

我讨厌你的一切

甚至连你喝水的模样

简直就是一只愚笨的长颈鹿

我讨厌和你一起听音乐剧

我讨厌你走路的姿势

还有你的香水味，哦……那是石楠花的味道

西伯利亚精子树

可是，尽管如此

我还是爱你

爱是万能

它无所不能

但是它却让我眼前充满了雾霾

我的表情很到位，甚至我还流出了几滴眼泪，我想起了美容院里的赵摩卡，我还想起了火星上的威廉……我怎会有这些思绪？它们令我心神不宁。

于是我在间奏的时候，把话筒拿反了，台下的观众立刻传来嘘声，我紧张极了，我站在台上不知所措。

“她是假唱！”台下有人扔上来一只可乐瓶，紧接着，我还看见鸡蛋、荧光棒，还有一件包裹着一块砖头的T恤……我的耳塞里传来经纪人的声音：“不要理会，赶紧把外套脱下来，接下来是舞曲，你记得我们编排的动作吧？”

我立刻回过神，赶紧把身上的外套脱下来。经纪人给我挑了一身白色连衣裙，可是冯二偏偏要在白色连衣裙后头加上两片护翼，他要观众无时无刻不想起白翅膀卫生巾。

这条裙子简直难看至极。

这是冯二最喜欢的歌曲——《一滴不漏的夜》，我“唱”完第一段的时候，半空中那片护翼卫生巾落了下来，砸在我身上，我摔倒在台上，所有的音乐声都停住了。

演唱会的灯立刻暗了一大半，工作人员跑下来，还特意准备了担架，把我抬了下去。

经纪人冲上台，抓紧时间跟观众解释："对不起各位，王遇美伤势严重，恐怕无法继续演出。"

"这是骗局！"观众里有人叫嚣起来，但是这些叫嚣并不能改变任何事情，经纪人是无论如何都不会退钱的，她先前已经花费了巨资搭建这个舞台，虽然有一半的钱是白翅膀卫生巾赞助的。

"这是意外事故，我们是不会赔偿的。"经纪人保持着微笑，这是她惯用的伎俩，她见多了这些场面，当然知道如何应付。

我被紧急送往医院，摄影师抓紧时间拍摄了一张我躺在担架上的照片，照片里我侧着脸，眉头拧成一团，好似得了不治之症那般难受——"再把手放下去，我拍一张你的正面照。"摄影师提醒我换一个姿势，他还提醒我眼妆花了，化妆师立刻在我脸上补了补粉。

经纪人要求摄影师把这些照片发到网上，告诉大家，我是真的受伤了。

我被送进了医院里，医生一脸茫然地看着病床上的我，在他看来我除了脸上的皮肤略白，身材略瘦，其他的并没有什么大碍。

他问我哪里不舒服，并尝试给我的身体做检查。

"这里，我这里极其不舒服。"我指了指左边的胸，医生把听诊器放上去……接着，他大叫一声："你……你为何没有心跳？"

"我都说了我不舒服，你又不信。"我撇着嘴，一脸委屈的模样。

是的，我没有心跳，我只是钻进了一个地球女人的躯体里，这并不代表她可以重新活过来。

医生吓傻了，他从医这么多年，从未见到一个没有心跳的人还能跟他说话。他怀疑是他的听诊器坏了，他立刻让护士把我送到检查室，他要用最先进的仪器来给我做检查。

结果是显而易见的。

我哈哈大笑起来，我喜欢这个恶作剧。

正当我洋洋得意时，我看见了经纪人，她以百米冲刺的速度闯入了检查室，她跟医生解释，我患上了一种罕见的病，这种病导致我会出现间接性心跳停止。

“这是一种非常非常罕见的疾病，现代医学基本无法解释。”经纪人一脸严肃地说道，她让保镖把我带走，医生只好在诊断书上写上“间歇性心跳停止及间歇性精神病”。

正当我和经纪人以为一切事情都解决了的时候，突然有人在网络上爆料“王遇美勾引人夫”的新闻。

新闻下方还配上好几张我和荒木并肩走进酒店的照片，最后一张是荒木和他老婆的合照。虽然照片的年代有些久远，但是依然可以清晰地辨认出他老婆的五官——吊梢眼，花瓣唇，鼻子很高挺，搭配着一张苍白却有些棱角的脸型。

我被这一条新闻吓呆了，我不知道是谁发现了荒木的真实身份。事实上荒木这几年从来没有和他老婆在一起过，连他身边的同事都相信“他老婆已经死了”这句谎话。

而且我还发现荒木的老婆和王遇美长得非常相似。

经纪人却耸耸肩膀，她说这并不是什么大事，“宝贝，你明天记得准时参加通告，其他的交给我吧。”

王遇美居住的公寓进贼了。

这个小偷偷完东西之后感觉口渴，于是他打开冰箱想找一瓶冷饮喝，怎知却看见一具尸体躺在冰箱里！

小偷吓傻了，他的尖叫声触动了报警器。很快，楼下的保安就跑了上来，一切都瞒不住了，王遇美死了！

“太不可思议了，怎么会发生这种事？”警察们目瞪口呆，他们一开始怀疑王遇美是他杀，可是检查之后发现王遇美是自杀。他们翻看公寓的出入记录，找到了那名钟点工。

“这事跟我无关，我只是拿了那女人的一点儿钱，是她把尸体藏进冰箱的。”钟点工愤怒地申辩，但是警察却没有从监控录像里看到经纪人的身影。

“不可能！”钟点工惊恐极了，“我那天绝对看见她了，难道她可以隐身吗？”

“可是这位太太，下午四点三十八分时的确没有看到经纪人进入公寓，要么是你在撒谎，要么就是你产生了某种幻觉。”警察微微笑着，他侧身让医生给钟点工检查身体，他怀疑这位钟点工患了精神上的疾病。

钟点工被带去了其他地方。警察开始对尸体进行检查和辨认，很快他们就查出真相，这个死去的女人的确不是王遇美，她的名字叫萧可。

我被这条新闻吓得险些晕倒过去。

我努力让自己的呼吸平静下来，可是我的后背却阵阵发凉——我有一种不好的预感，我说不上这种预感从哪里来，可是我就是觉得浑身上下都不舒坦，以致我根本看不清楚对面的红绿灯此时究竟是红灯还是绿灯。

我急着去赶通告，不能再耽误时间了。

我迈出了第一步，走到第七步的时候，一辆黑色轿车飞驰而来。开车的人似乎很着急，车速极快，我还没来得及避开它，就被它撞去了七米多远的地面上。

我听见人们的尖叫声，这种声音我好像在演唱会上也听见过，非常刺耳……我慢慢失去意识，我感觉脑袋沉重极了。

“把我送去赵摩卡那里！”这是我昏迷前说的最后一句话。

没人理会我这句话，赶来的医生用听诊器探向我的左胸，说：“很抱歉，她死了！”

我暗自叹了口气，虽然我还能呼吸，但是我已经没有力气睁开眼睛，更没有力气告诉这位愚蠢的医生：“嘿，我能说话时也没有心跳！”

我被抬进了存放尸体的房间，这里的温度有些低，令我想起了月球上的黑夜……我又开始思念火星上的威廉，我最近总想起他。

“我要进去！”这时，停尸房门口响起了争吵声，我可以辨别出这是谁的声音——赵摩卡，他来救我了。

“不可以，你需要通行证！”拦他的人认真地答复。

“我找找，我带了通行证！”赵摩卡低头，在他随身携带的包里翻找着……对面的人有些不耐烦，他嘟囔着说：“你到底找到没有？我还要睡觉！”

“我找到了！”赵摩卡翻出一瓶药剂，对着男人的脸上喷了一下。男人立刻昏睡了过去。

赵摩卡走进来，他看见了我。

“宝贝，你这张脸真是难看极了！”

“摩卡，带我回去，我难受死了！”我哭泣起来，我知道我这张脸被那场该死的车祸完全毁了。

赵摩卡点点头，他轻轻抱起我，像抱着一床轻柔的被子。我们俩从窗户跳下去，落在地面上，赵摩卡落地时也是极其轻柔的，好似地面也变成了一床轻柔的被子。

我们穿过街道，走过广场，路边的野猫正在约会，不小心被我们打扰，冲着我们发出极其不友好的叫声。我们继续往前走，我闻到了石楠花的味道。

“到了，宝贝。”赵摩卡把我放在床上，我依然无法睁开眼睛，赵摩卡亲吻了我的额头，他知道我需要睡眠。

“不，我需要换一张脸，我还有好多工作没有做！”我尖叫着，死死地拽着赵摩卡的手。

“亲爱的，经纪人已经找到新的王遇美，你被抛弃了！”赵摩卡用一种近乎悲哀的语调告诉我。他还告诉我，新的王遇美被爆出隐婚多年，“她的老公是荒木，他们俩是千真万确的夫妻。”

我深吸一口气，扶着床栏让自己坐起来。

“可是上周报纸不是说王遇美勾引人夫吗？”我摇摇头，我不相信赵摩卡的话，他只是不想我继续抛头露面。

“但是今天的报纸登出了荒木和王遇美的结婚照！”赵摩卡把报纸上的新闻念给我听。

“可笑，难道荒木的老婆也去整容了吗？她可是有四十岁了，如何变成二十五六岁的模样，太荒谬了！”我不置可否。

“不知道呢？反正经纪人总有办法找到一张和王遇美长得很像的脸，没有人知道真正的王遇美在哪里。”赵摩卡叹了口气，他把我脸上那层毁坏的皮扯下来，揉成团扔进垃圾桶里。他再转过身，从冰柜里取出我先前那张脸皮，帮我贴了上去。

我终于可以睁开眼睛了。

我看到了报纸上的照片，照片上的王遇美把脑袋靠在荒木的肩上，她笑起来的模样和我之前那张脸一模一样。

我给经纪人打电话。

我连续打了七通电话，她却始终没有接听，我给她发短信，我告诉她我没有死。

她回复我：“你是谁？”

“我是王遇美，你前天还喊我宝贝！”

“我的宝贝正在我对面接受新闻记者的采访，你是谁？”

我把手机放到桌面上。

赵摩卡给我煮了一杯咖啡，他把窗户打开，说：“唔，今天石楠花的味道少了许多！”

“是呀，一切都过去了！”我自言自语道。

我突然怀疑经纪人是那颗该死的彗星！

Chapter 05

忧伤面包店

我住的房子对面新开了一家面包店。

那家面包店的牛角包实在是太香了，我站在二楼的窗台上都能闻到香味儿，我本来已经吃得很饱，我的中午饭是一大块牛排，可是我的胃依然蠢蠢欲动。我忍不住换上一双羊皮小靴子，下楼跑去了面包店。

我需要把牛角包送进我的胃里，我实在无法忍受它的香味儿。

和我有一样想法的人似乎很多，面包店门口已经排成一条长队。

最前头的是一位老太婆，她穿着碎花连衣裙，右手挎着一个篮子，她本来要去超市买菜，可是却被面包的香味吸引过来。她用极其夸张的表情跟卖面包的服务生说道："麻烦给我十个牛角包！"

"当然可以，请稍等！"服务生微微笑着，他打开纸袋，准备把牛角包放进去。

老太婆太馋了，忍不住偷偷掰了一口面包塞进嘴里，她说："太好吃了，这是我这辈子吃过最好吃的牛角包！"

"谢谢您的夸奖，我想华生听到您这句赞美的话一定会很开心！"服务生继续微微笑着，他数学不太好，他正在数台面上是不是装够了十个牛角包，"五、六、七……"

当他数到十的时候，老太婆突然发出巨大的打嗝声。

"这位太太，您没事吧？"服务生赶紧从柜台里绕出来，他递给老太婆一杯水，怎知老太婆却把这杯水打翻在地上。

"天啦，我想起我死去的老头，我太难过了！"老太婆居然号啕大哭起来，她哭得很凶猛，不一会儿，她胸前的衣服就被她哭湿了，服务生不知所措地站在原地，后头的人不耐烦起来。

“别管这个忧伤的老太婆，你快点儿把面包卖给我们！”

服务生只好转身走进柜台里，他把数好的面包放进老太婆的篮子里，继续为第二位客人服务。

第二位客人拿到牛角包，狠狠地咬上一口。

“太好吃了！”他感叹一句，可是渐渐地，他居然泪流满面……他已经很久没有流泪了，他想起了走丢的猫咪，他已经和那只猫咪生活了十年，可是在去年冬天的一个早晨，那只猫咪一声不吭地走了。

男人号啕大哭，他嘴里还含着面包，但是他的眼泪却如同泉水般涌了出来。他蹲在地上，手上还拿着没有吃完的牛角包，悲哀极了。

接着，第三位客人也哭了，她已经努力减肥了好几年，可是一直没有瘦下来，她沮丧极了。

再后来，所有吃了牛角包的客人都哭了，包括我。

我想起某一天，我在月球上散步时发现去年种的玫瑰花枯萎了，那可是我最喜欢的一束玫瑰花，它在我睡不着的时候还会给我唱催眠曲。如今它死了，谁来陪我度过那些孤独的失眠夜晚……我哭得厉害极了，我的声音掩盖了店内其他人的哭声。

“该死，这究竟发生了什么事？”服务生郁闷极了，今天是他第一天在面包店上班，竟然遇见这么离奇的事情。

服务生把店里所有的纸巾都派发出去了，可是客人们依然在大哭，每个人都想到自己最悲伤的往事，根本无法从悲伤的情绪里逃脱出来。

最开始那个老太婆哭累了，向服务生要了一杯冰水。

“唔，我好像没有那么难过了。”老太婆拍了拍脑门，她刚才好像做了一个梦，整个人都昏昏沉沉的。她数着篮子里的面包，她还要去超市买些火腿和胡萝卜，她可没时间再浪费下去。

可是她走到面包店门口时，又被篮子里的牛角包香味儿吸引住了……

“我就吃一小口吧。”老太婆自言自语道。她拿起一个牛角包咬了一口——天啦，她又想起她死去的老头了！

老太婆尖叫起来：“这牛角包有问题！”

这一声尖叫让屋内哭泣的人都清醒过来，大家纷纷看向手里的牛角包，有些人似乎还不太相信老太婆的话，又咬了一口……

“天啦，我难过死了！”

所有人都吓得把手中的牛角包扔掉，服务生惊慌极了，他不停地跟客人解释，应该是今天的牛角包出了一些问题，明天保证不会发生这种状况……

没有人相信服务生的话，愤怒的客人要求服务生退钱，甚至有几位客人报了警，他们说这是一家有巫术的面包店。

服务生束手无策，只好给老板打了一通电话。电话里服务生简直要哭了，他告诉华生，警察说店里的面包有毒，要把这家店给封掉。

电话那头，一个胖胖的男人叹了口气，他一边听服务生说话，一边看着天花板上那只正在织网的蜘蛛，他已经很久没有出门了。

可是他今天似乎必须要出门，他要跟警察解释，他不是巫师，也不会巫术，他只是一名做面包的厨师，他可以做出全世界最好吃的牛角包，可是每个出自他手的面包都会让人想起悲伤的往事。

他也不知道为什么会发生这种事，他本来还给面包店取了一个好听的名字，眼见瞒不住了，索性就叫“忧伤面包店”吧。

他亲自在店门上写广告语。

“如果你想哭泣，请来吃我们店里的牛角包。”

我是在超市里遇见华生的，他正在专心地挑选西红柿，一个不小心，他捏到一个坏的西红柿，西红柿汁射到了我的脸上。

“对不起！”华生双手捂嘴，他觉得他做了一件坏事情！

“咯咯，没关系，只不过这味道闻起来好像是熟透了。”我咧开嘴大笑，从包里掏出一块手帕把脸上的西红柿汁擦干净。

“真是抱歉，你需要我做什么吗？事实上我好像什么都做不好，我是一个无用的人，我连买西红柿这种小事都会搞砸……”华生沮丧起来，他一边说一边把嘴唇往下拉扯，好似一个做错事的孩子。

他后来竟然哭了起来。

“天啦，你不要自责，这真是一件小事。”我安慰着华生，我拿着刚才擦过脸颊的手帕帮华生抹去眼泪，华生立刻皱起眉头，说：“这个西红柿真是熟透了。”

“对，所以你可以改买胡萝卜，或者莴苣。”我眨巴着眼睛，华生的眉毛抬了抬，问我：“这是一个不错的主意，我晚上想做胡萝卜烧牛肉，你愿意过来我家和我共进晚餐吗？”

“我非常愿意！”我点点头。

怎知华生又捂住他的嘴，说：“不行，我不能邀请你去我家吃饭，任何人吃了我做的食物都会哭泣！”

“怎么会这样？”我不可思议地看着华生，我已经领教过牛角包的威力，可是我依然很好奇，华生怎么会拥有这样的技能，于是我继续和他说，“我想看看你做饭的过程，可以吗？或许我们可以找到破解的办法！”

华生有些犹豫，他低着头，左手手指抠着右手的指甲。

我生气了，转身就往超市出口走去，华生见我真要离去，立刻叫住我。

“嘿，我再次邀请你去我家！”

我得意极了，头也不回地说：“那你快点儿追上我吧！”

华生的家在一座破旧大楼的地下室里，我们需要走过一段昏暗的楼梯，我看见一只老鼠正仓皇地奔跑，它的肩上似乎还驮着大米。

我有些恶心，华生却一路哼着小调，因为已经很久没有人来他家里做客了。

“这是客厅兼餐厅，也可以作为我的书房。”华生把门推开，我看见一张油漆剥落的桌子，我猜测它原来的颜色应该是红色，但是现在看起来更像是浅米色。桌子后面有一张沙发，沙发旁边放着一盏落地灯。

沙发上摆着一本书，叫《自杀俱乐部》。

我不知道我该坐在餐桌前，还是沙发上，正在我犹犹豫豫时，华生已经走进厨房里——其实餐桌后面就是厨房，这是一间大房子，客厅、餐厅、书房和卧室都连在一起，除了厕所在门外（那是公用的）。

“你需要我帮忙吗？比如削土豆皮之类的。”

“你会削土豆皮？！太好了，我需要三个土豆，谢谢。”华生转过头，微微笑着，我发现他左半边脸上有一个酒窝，看起来迷人极了。

华生正在炖牛肉，胡萝卜已经放进去了，还需要放一点洋葱。

“土豆削好之后，再撒点儿迷迭香，直接放烤箱里烤一下，可以做我们俩今晚的主食。”华生这样计划着，他继续哼着歌曲，看起来高兴极了。

我突然发现华生往炖锅里撒了一些奇怪的粉末，我大叫起来，我觉得华生在下毒。

“别紧张，这只是一些我个人调配的香料。”华生用手指搓了一点放进口中，“你看我没有哭吧！”

“可是为什么别人吃了你做的东西就会流泪，你自己也会吗？”

“不会，我天天吃我自己做的食物，我并不悲伤，我悲伤的只是我做的美食没有人愿意欣赏。”华生难过起来，然后他蹲在了地上，深深地叹了口气，“就像你刚才那样，所有人都怀疑我在食物里下毒，或者是我施了巫术，可是我真的什么都没有做，我就是一个热爱美食的厨子罢了。”

“你是什么时候发现自己有这个奇特的技能的？”我想了半天，只好用“技能”二字代替“下毒”。

华生的两条黑粗眉毛拧了起来，他拧得很用力，眉毛中间形成了一个明显的“川”字，他极其努力地回忆着过去的事。大概他的脑袋已经有些生锈，所以他回忆时很是痛苦……过了好久，锅里的汤散发出浓郁的香味，烤箱里的土豆也发出“滋滋”声表示自己已经熟了。

“啊！我想起来了，大概是我十二岁的时候，我那天做了一只蛋糕给我母亲庆贺生日，结果我母亲吃完第一口就哭了，她说她难受极了，从此之后任何尝过我做的食物的人都会陷入一种不可名状的忧伤里。”

“那你再回忆一下，十二岁的时候，你的生活发生了什么变故，比如遇见了什么奇怪的人。”我把那本《自杀俱乐部》扔到地板上，然后坐到沙发上，把两条腿盘起来，右手托着下巴说道。

华生吐出一口气，他把炖汤的火关小了，让它慢慢焖着炖锅，这才继续答道：“我小时候是一个坏蛋，就是经常欺负人的那种坏蛋，我最喜欢欺负一个女孩，她有一头栗色的头发，我忘记了她的真名，我给她取了一个外号——毛板栗，她很不喜欢这个外号，但是她害怕我的拳头。”

说到这里，华生似乎有些悲伤，他为他过去做的事感到愧疚。

他沉默了许久，等他再抬起双眸时，街边的路灯都亮了起来。

“我记得有一次我把她的头发剪了，她很伤心，她在她的日记本上写上‘希望那个该死的胖子受到诅咒’，我猜测大概从是那个时候开始，我做的食物发生了改变。”

我瞪大眼睛……

“华生，我们可以去找那个女孩，让她把那条诅咒划去，或许就可以破除你身上的咒语了！”

“她死了！”华生又叹了口气，他真是沮丧极了。

华生做的牛肉汤真是好吃极了，我连锅底的肉渣都没有放过。

但是不可避免，我难过了一个晚上，我不知道如何阻止这些悲伤冒出来，我甚至还吞服了几粒安眠药，我祈祷这些安眠药可以让我尽快入睡，怎知我却在梦里继续悲伤着。

这次我没有梦见枯萎的玫瑰花，我梦见了威廉。

我梦见我们刚见面的那一天，他正在冥王星上的大胡子先生家做客，大胡子先生给他做了一杯血腥玛利亚的鸡尾酒，还在酒杯里放了一根芹菜梗。威廉拿着芹菜梗搅动着那杯鲜红色的液体，突然他看见了一颗彗星，接着，他看见我从彗星上走下来……

我是来散步的。

我心情好的时候，会骑着彗星在太阳系里到处散步，有时候我会走得很远，比如冥王星，我很久没有来这儿逛逛了，所以当我看见大胡子新盖的房子时，我有些不可思议。

我和大胡子是有过节的，我们已经很久没有说话了。

今天大胡子搬新家，他把威廉请过来做客，桌面上摆着一些炭烧牡蛎，还有一些香煎多春鱼。他们正坐在一棵榕树下，旁边一只龅牙的土拨鼠正在弹着竖琴。

大胡子没有想过邀请我，事实上他以为就算给我发了邀请函，我也不会过来他的新家。

所以，大胡子见到我时惊讶极了……

“我叫威廉，很高兴认识你。”威廉微微笑着，他的手指修长且白皙，我都能看见他手背上的毛细血管。

“你是大胡子的朋友吗？”我好奇地看着这两个男人，他们看起来不太熟悉，但是却极其努力地制造一种很熟络的表象。

“准确地说，我和大胡子刚认识半个小时。”威廉继续微微笑着，他邀请我坐下来一块儿喝酒吃牡蛎，我摇摇头。

我悄悄告诉威廉，我和大胡子已经好多年没有说话了，我说：“他上次参加我的生日派对时，打破了我的糖罐，但是他死都不肯承认。”

我的声音很小，但是大胡子依然听见了，他瞪着他的大眼睛吼道：“我没有打破你的糖罐，土拨鼠可以作证！”

土拨鼠怔愣了一下，她瞪着大眼睛，似乎很难理解大胡子这句话……过了几秒，她点点头。

“你去月球上的时候，土拨鼠根本就没有跟过去，你撒谎！”我朝大胡子吐了吐舌头，我不喜欢和大胡子做朋友，以此类推，我也不喜欢威廉。

大胡子抡起他的拳头砸向桌面，桌面上的酒杯被砸翻，红色的液体顺着桌面流了下来，土拨鼠跑过去，她以为这是美味的西瓜汁，怎知却是这番难喝的味道。

土拨鼠赶紧对着地面吐口水，用她的小爪子扒拉着她的脸，小舌头从她的嘴里不停地探出探进。那模样滑稽极了，我忍不住哈哈大笑起来。

见到我在笑，大胡子更生气，他一脚把土拨鼠踹开。他指着我的额头说道：“嘿，小月球上来的乡巴佬，这里不欢迎你！”

“你才是乡巴佬！”我反击回去，我看见威廉在劝阻大胡子，但是大胡子的表情依然不太友好。

我朝大胡子翻了一个白眼，转身骑着彗星离去。威廉有些沮丧，他本来还想和我好好聊聊。

又过了好些日子，太阳从这边转到了那边，威廉来月球上看我。他带来了好些个糖罐，他告诉我这些糖罐都是地球上的朋友送给他的。

“朋友？你有地球上的朋友，是前女友那种朋友吗？”

“算是吧。”

“我讨厌有前女友的人！就好像我讨厌有人对我撒谎一样！”我嘟着嘴，我说的是我的真实想法。

事实上我没有谈过一次恋爱，但是我能从望远镜里看到地球上的人恋爱，他们总是喜欢在恋爱里争吵，为了那种鸡毛蒜皮的小事争吵——我统计过，大概有三分之二的争吵都与前女友有关系。我不知道“前女友”究竟是什么生物，但是我感觉这种生物肯定不是什么好东西。

“天啦，你这话听起来可不怎么友好！”威廉有些生气，但是他喜欢我，所以他只是眉头微微蹙了一下，他舍不得和我吵架。

他甚至在给我的信里写道：“宝贝，你是那颗调皮的巧克力，而我却是木头做的盒子，我带给你黑暗，同时还有封闭的空间。”

我当着他的面把那封信给撕烂了。

“我不喜欢和火星上的人交朋友，你回去吧！”

威廉轻轻叹了口气，他的眼皮耷拉下来，双手也垂在两边，仿佛一个泄了一半气的皮球，他转身离开，连步子都迈得极其缓慢。

我看着威廉的背影悲伤极了，可是我并不想跟他道歉，所以我一个人在月球上待了好长的时间。我感到孤单，可是我之前也是一个人待在月球上，为什么我之前就没有感到孤单呢？

我知道威廉会拿着望远镜看我，有时候他还会让彗星把礼物带给我，可是我不想搭理他，我不知道我是在生他的气，还是在生自己的气，总之我后来决定骑着彗星来地球旅游。

我在地球上已经交了好多个男朋友，我猜想威廉知道这一切之后，一定会指着我的鼻子骂道："我讨厌有前男友的人！就好像我讨厌有人自以为是一样！"

我在梦里哭了起来，我哭得极其凶猛，拳打脚踢左翻右滚，以至于我从床上滚到地上——我醒了过来，额头处疼痛得厉害。

我正打算去找些冰块敷一下我被撞肿的额头，顺便再给自己倒上一杯水，结果我却看见地板上出现一张广告单。

我猜测应该是我睡觉的时候没有把门窗关上，所以广告单飞了进来。我捡起广告单，上面写着"奇幻杂货铺，没有你找不到的东西"。

我和华生已经花了好几个小时来找路。

它的广告单上写着"黄桃路左拐三百米、歪脖子柳树旁"，可是问题是这里根本就没有黄桃路。

街边卖汽水的小贩告诉我们，前面巷子里有一条小路，他也不知道名字，或许我们可以去那里碰碰运气。

我拉着华生往巷子里走去，华生有些疲惫，他肥硕的肚腩如同一袋大米，愈发沉重地挂在他的身体上，以至于他不得不坐下来休息。

“华生，你快看你身后是什么？”

“一棵树而已，正好给我靠一下！”华生懒得扭头，事实上他也扭不动他的脖子，他脖子上的肥肉太多了。

我把他从地上拽了起来。

“歪脖子柳树！”华生尖叫了一声，他一尖叫就习惯用双手捂住他的嘴巴，“可是这附近没有杂货铺？”

我四下一看，只有墙壁，连一扇门都没有。

我感觉被那张广告单骗了。

我气急败坏地踹了歪脖子柳树一下，结果歪脖子柳树疯狂地扭动起来，吓得我和华生紧紧地抱在一起。

“这位小姐，你穿着一双十厘米的高跟鞋来踹树，有考虑过树的感受吗？”歪脖子柳树的声音沙哑，像一个抽了许多年烟的老男人。

“你是在和我们说话吗？”我不可思议地看着歪脖子柳树，歪脖子柳树却哈哈大笑起来，“难道这里还有第三个人吗？”

“问题是这里也没有杂货铺呀！”我的眉头蹙了起来，我觉得歪脖子柳树在耍我们。

“你怎么知道没有，你有敲门吗？”歪脖子柳树伸出一支柳枝指了一下对面的墙壁，墙壁上立刻出现一扇门。

我和华生眼前一亮，立刻走了过去。

华生敲了敲门。

过了好一会儿，门才打开。

我们屏气凝神……门是打开了，可是我们并没有看见人，只是听见极其尖细的声音说：“进来吧！”

我和华生踮起脚尖往门里张望，依然没有看见人，里面黑乎乎的，伸手不见五指。

“我说你们人类就不会低头说话吗？真没礼貌！”还是那尖细的声音，这次我终于发现声音的来源——在我的脚底下。

居然是一只穿着西服系着领结的老鼠！

我本来想解释一下刚才没礼貌的原因，老鼠却转身朝屋内走去。他手上拎着一盏小灯笼，可是小灯笼的光亮太小了，我和华生跟在他后头，步子迈得极小极慢，生怕一不小心就把这只直立行走的老鼠给踩死了。

我们似乎是绕过了一条走廊。

我总算看见了一束光，冒光的房间的大门是虚掩着的，老鼠把门推开，冲着里面的人毕恭毕敬地说：“红头发太太，有客人来了。”

柜台后面，一个一头红头发的老太婆走了出来，她的眼珠是棕褐色的，异常明亮，似乎还闪着光。

她像一只老猫。

“你好，红头发太太，我们想买一本笔记本，一个小女孩留下的，她的外号叫毛板栗。”我怯怯地说明来意，我觉得红头发太太的长相不太友善。

“那我找找……你们先在旁边坐坐，罐子里有些茶叶，旁边还有一些冰糖，热水壶在炉子上……哎呀呀，我的小可爱，你怎么能把手套放在我的老花镜上面，我差点儿就把它扔进垃圾桶里了……”红头发老太太拎着一副白手套递给老鼠。

我和华生坐在炉子旁边，这里的气温要比外头冷上好几度，我忍不住对着双手哈气。

“啊，我找到了！”红头发太太兴奋地尖叫起来，她把笔记本上的灰尘吹散，又用手拍了拍笔记本的封皮，确定没有灰尘附着在上头，这才递给我。

华生迫不及待地把笔记本打开。

“天啦，这本笔记本是我的，不是毛板栗的！”华生摇摇头，可是随即他就哈哈大笑起来，“德芙，你看我小时候画的画多有趣，这都是我上数学课画的，我真是不喜欢那个嘴唇像两根香肠的数学老师。”

我只好继续拜托红头发太太再找寻一下。

“见鬼，我明明记得我看见过那本笔记本，最近记性真是太差了。”红头发太太嗫嚅道，把脑袋埋进另一个大柜子里。

刚出门的老鼠又急匆匆地跑进来，他看起来很是焦急，他跳上红头发太太的肩膀，趴在她耳边耳语了几句。

“什么？天啦！”红头发太太脸色大变，她转过身，一脸严肃地说：“对不起二位，我要关门了！”

“可是你还没有帮我们找到那本笔记本。”我略带惊讶，还有些失望。

“可是我真的需要关门，你们改日再来吧。”红头发太太下了逐客令，老鼠拎起他的灯笼，跑去门口等我们。

华生要哭了，肥硕的身体开始慢慢抽动，他想控制自己的眼泪，可是内心的悲伤太多了，他实在是忍不住……

“哇！”

这一声直接把老鼠吼翻在地上。红头发太太惊恐地看着窗外，她想把窗户关上，但是窗外的风愈来愈大，她根本就没法关上窗户。

屋内的东西被吹得到处都是，我的眼前漂浮着烟筒、口红、用了一半的粉笔、还有一支快掉光毛的牙刷。

“德芙，华生，你们俩最好赶紧躲进大柜子里，我可不敢保证老板看见你们会不会把你们给炖了。”红头发太太恐吓我们，吓得我们俩赶紧跳进大柜子里，老鼠再把柜门关紧。

风终于停了下来。

我听见了一阵脚步声，慢四拍，应该是一个情绪平稳的男人。

“你好，先生！”红头发太太的语气很谦卑，老鼠给男人倒了一杯茶。男人却看见旁边两杯喝剩的茶，他好奇地问红头发太太：“今天有客人来过吗？”

“他们刚走了，买了一本笔记本。”红头发太太在撒谎，事实上我们躲在衣柜里。

“他们为什么要买笔记本？”男人不解地问，他喝了一口老鼠倒的茶，似乎有些苦涩，他把茶杯放了下来。他刚从很远的地方过来，大衣上都是灰尘，他的头发上也沾满了灰尘，可能他待会儿需要进行一次彻底的洗浴。

“也许他们想在上面画画吧，人类的想法总是很奇怪。”红头发太太耸耸肩膀，她偷偷瞟一眼柜子，她担心我和华生会发出声音。事实上，华生睡着了，他本来应该发出巨大的呼噜声，但是我找了两团废纸塞住了他的鼻孔。

那两团废纸是我从一本笔记本上扯下来的，我撕完之后，看见笔记本上写着一行字："希望那个该死的胖子受到诅咒"。

华生兴高采烈地把那本笔记本买回来。

"德芙，谢谢你，我再也不用担心我的面包卖不出去了。"

"可是亲爱的华生，这本笔记本上不止有这一条诅咒！"我翻看这一页，下一页上也写着一行字："我真希望你最爱的女人是一个花心鬼！"

华生倒吸了一口凉气，他猜到了诅咒的对象是谁，说："我的好朋友，周灯，我之前和他一起欺负毛板栗。有一次我们俩把毛板栗的书包扔到树上的鸟窝里，毛板栗爬上大树找到她的书包，可是却被那只大鸟袭击了一个月，大鸟觉得毛板栗是偷鸟蛋的坏人！"

"所以周灯找了一个花心鬼做女朋友？"

"我不知道，我已经很久没有和周灯联系了，上次见面是去年，他刚和一个女人分手，样子看起来很憔悴。"

"这真是一个神奇的女孩，但是她的故事听上去很悲伤。"我难过极了，甚至还流出了几滴眼泪，"可是你知道毛板栗是怎么死的吗？"

"好像是被车撞死的，她爸爸是一个酒鬼，她妈妈患上了间歇性精神病，她家里就她一个人是正常的。"华生摇摇头，他现在非常后悔，如果毛板栗在他面前，他愿意认真地跟她道歉，"我好想给毛板栗做一百个牛角包，我想告诉她，其实你长得很可爱，我和周灯不是故意捉弄你的。"

"但是很不幸，她已经死了，或许我们可以去她的墓地送一束花。"我提议，华生立刻点头答应。

他换上了一件黑色的外套，还把头发梳成了三七分。他在头发上抹了发胶，还喷上了香水。我们在街口的花店买了一大束花，华生写了一张卡片放在花中间。

他在上面写：毛板栗，希望你还记得我！

我们俩搭乘电车去到墓地。今天的风很大，天上的云朵是灰黑色的，好像要下雨，但是我们走了许久都没有见雨滴落下来。

毛板栗的墓地在一棵杉树下面，墓碑上有一张模糊的照片，这应该是毛板栗小时候的照片。墓碑上写着：这里睡着的女孩有一个外号叫毛板栗。

“我很好奇，毛板栗她是如何拥有诅咒别人的能力的？”我看着这块奇怪的墓碑，我对这块墓碑下躺着的女孩充满了好奇。

“我听说她很小的时候掉进了一个陨石坑里，等到大人找到她的时候，她已经神志不清了。她妈妈就是因为那次事故才得了间歇性精神病的，不过毛板栗本人并没有对这件事很在意，她告诉我们她那天晚上见到了一个奇怪的男人，那个男人穿着一件布满灰尘的大衣，样子很和蔼，还摸了摸她的脑袋。”

“天啦，难道是那个男人赐予她的能力吗？”我尖叫起来，我突然有一种非常奇怪的想法，我想把墓碑搬开，我十分想看看毛板栗的长相。

我猜测华生一定不会允许我这样做，所以我故意把这个古怪的念头埋在心里。我们把鲜花放在墓碑上，我和华生唱了一首安魂曲。

“我们该回去了。”我提醒华生。华生似乎有些不想离去，但是天色已经很不好，几滴雨滴落了下来……终于下雨了。

我们坐着电车返回市区，等到华生走进他的地下室，我又急匆匆地跳上电车，再次返回墓地。

我在墓地里等到天色完全暗下来，雨滴此时也变得肆无忌惮，大滴大滴的砸下来——在这种天气翻开一个女人的墓碑可真不是一件好事，我甚至开始后悔自己的行为。

墓碑没有我想象中那么沉，我用铁锹把它旁边的土壤给铲开。墓碑上的小女孩冲我眨巴了一下眼睛，我愣了一下，我自以为见惯了太多离奇的事，应该不会感到任何害怕和心虚，可是此刻我还是打了一个冷战。

“对不起，我只是想看看这下面有些什么。”我自言自语道，哪晓得照片上那个女孩却咧开嘴笑了起来，露出参差不齐的牙齿，甚至她还开口说：“下面什么都没有！”

“怎么可能？华生说他参加了你的葬礼，亲眼看到你被埋进这下面！”我摇摇头，我觉得照片上的女孩在糊弄我，她只是担心我把她的“家”给搞得乱七八糟而已——如果我是她，我也不喜欢一个陌生人拿铁锹把我的家铲出一个大洞。

“你不信我算了，那你继续挖吧！”她似乎很不高兴，还转过身，照片上出现了一个女孩的后脑勺。

我才懒得理她，我撅着屁股挖着土……我终于碰到了木板，我兴奋地把它打开。

结果却令我很失望，什么都没有，毛板栗不在这里。

“该死，难道一具尸体还会自己从墓地里走出来吗？！”我愤怒极了，我觉得我被人玩弄了，可是玩弄我的那个“人”究竟是谁，我却始终找不到任何头绪，最后只好把火气全撒到那张照片上。

“我早就提醒过你，这下面什么都没有，是你自己一意孤行。你的脾气真是糟糕透了，难怪威廉总是说你像一头倔强的小狮子！”照片上的女孩转过身，恶狠狠地咒骂我。

“哪个威廉？门口的守墓人？还是沼泽乐队的经纪人？还是火星上的那个喜欢玩望远镜的男人？”我根本不相信一个照片人说的话，甚至我觉得她是在胡说八道。

“你知道我说的是哪个威廉，你就是一头怪狮子！”照片上的女孩咆哮着，她甚至想从照片里挣扎出来，只可惜她本事不够，根本无法跳出来敲打我。

我得意洋洋，朝她做了一个鬼脸，一边往外走一边吹口哨。

忧伤的面包店开始营业了，我劝华生把面包店的名字改掉，华生却不愿意。

“No，我要提醒那些喜欢欺负女孩的小男孩，这种行为是不对的，我甚至还发明了一种栗子面包，我把这种面包命名为毛板栗！”华生兴奋地给我端来面包，酥皮中间嵌着一坨栗子酱，闻着倒是极其香。

“可是你不觉得店内的生意很冷清吗？”我咬了一口毛板栗，的确很好吃。今天店里只有我一位客人，我要了一杯西柚汁，华生送了我一块毛板栗。

“也许是毛板栗还没有原谅我吧，生意不好也是正常的。”华生叹了口气。他今天穿了一件棕色的毛衣，远远看去，我好像和一头熊坐在一起喝下午茶。

我很想告诉华生，毛板栗的尸体失踪了，但是我担心华生问起我是如何知道这件事情的，我总不能跟他解释说我去墓园里把毛板栗的墓给刨了吧。

正当我纠结的时候，店里突然进来一个穿着橘色大衣的女人，她戴着一顶厚重的羊绒帽子，脸上还戴着一副口罩。虽然今天天气有些寒冷，但是也不至于穿成这样。

“你好，请问有什么可以帮助你的吗？”服务生走上前，笑眯眯地看着这位穿着奇怪的客人。

“我的确需要你的帮忙！”女人把口罩摘下来，我这才发现她居然是杂货铺的红头发太太。红头发太太走得太急太快，她先是缓慢地吐出一口气，待到她的心跳没有那么快的时候，才继续和服务生说话，“我需要把你们店里的面包通通买走，另外，我还需要订制一只蛋糕，麻烦给我在蛋糕上写上‘祝毛板栗生日快乐’。”

“好的，这位太太，请问您大概什么时候需要这只生日蛋糕呢？”服务生一一记下，他是一位很好的听众。

“明天晚上，可以吗？”红头发太太看着服务生，她担心服务生会拒绝她，华生却向服务生做了一个“同意”的手势。服务生点点头。

红头发太太兴奋极了，她低下头，对着自己的鞋尖说话：“快点儿付钱！”

我这才发现那只穿着西服的老鼠一直坐在她的鞋尖上。

老鼠从口袋里掏出一只钱包，钱包太小了，以至于我根本看不清他在数钱。老鼠把数好的钱放在服务生手里，那一丁点儿大的东西越变越大，最后变成了一沓人类用的钞票。

华生开心极了，他正愁今天的面包卖不出去，怎知这老太婆居然全部买走，还额外预订了一只大蛋糕。

我拦住红头发太太，问："太太，您刚刚说在蛋糕上写什么话？"

"祝你生日快乐！"红头发太太答道，她的眼神在闪躲，她知道我在怀疑她了。

"不是，您在撒谎，您刚才说的是'祝毛板栗生日快乐'。"

"我有这样说吗？"红头发太太一脸茫然，我差点儿就被她这副模样给骗了过去，幸亏服务生刚才有在笔记本上做记录，我把笔记本递到红头发太太面前，红头发太太立刻变成一脸无所谓的模样，"这世上叫毛板栗的人太多了，她不是你认识的那个毛板栗。"

"我要参加明晚的生日派对！"我气急败坏地吼叫着。红头发太太却耸了耸肩膀，她并不打算邀请我过去，甚至她还说我是一个不识趣的人。

"太好笑了，居然有人没有收到邀请函就想参加生日派对，这是我今年听过最好笑的笑话。"红头发女巫"咯咯"地笑着，老鼠也跟着她一起大笑，最后连华生也笑了起来。

店内只剩下我一个人没有笑，我尴尬极了，我狠狠地瞪了华生一眼，华生只好用他肥胖的双手捂住嘴巴，结果他的笑意憋进肚子，变成一个响屁放了出来。

"简直糟糕透顶！"我愤愤地摇着脑袋，我一定要参加这个派对。

我偷偷拿走了面包店服务生的外套，我把自己打扮成面包店内的服务生，我还假装华生的声音给服务生打电话，我告诉他："客人的蛋糕不用你送了。”

服务生信以为真，他果真没有走出店门半步。我得意洋洋地拎着蛋糕朝杂货铺走去，我朝着歪脖子柳树踢了一下，歪脖子柳树醒过来，用柳枝指了指墙壁。

大门显现出来，我再一次走进了奇幻杂货铺。这一次比较奇怪，门打开之后，我居然没有见到那只直立行走的老鼠。

我走了进去。没有拎着灯笼的老鼠指路，我的眼前一片黑暗，因此我的步子迈得极慢，生怕被某个看不见的东西绊倒。这条走廊比我第一次走进来的时候长了许多，以至于我怀疑自己是不是迷路了。

“有人吗？”我有些绝望，甚至还带着一丝害怕。我连喊了三声，四周安静到连我的回音都吞了。

我害怕得哭了起来，我知道我不会遭遇死亡，可是这世上比死亡可怕的东西多了去了，怎么会不让人感到恐惧……正在我准备往回走时，一双大手捂住了我的嘴，我大吃一惊，这是一双男人的手，我确信无误。

我的头靠在男人的脸颊旁边，他吻了我的脸颊一下，发出一个“嘘”的音。他另一只手臂把我牢牢地搂进臂弯里，我想把他的手掌从我的脸上扳开，可是他的力气大得惊人。

他带着我往前走，准确地说是他带着我往前飞，我现在离地半米，这样的感受让我想起了月球，我在月球上蹦一下，可以碰到那些调皮的小星星。

我看见发着光的房子，里面的人们正在唱着歌，我还看见了华生，他头上戴着一顶奇怪的三角帽。老鼠坐在他的肩头，正在喝一杯橘子汁。

老鼠随着音乐摇来摆去，他的小脑袋左右摇动，突然他发现了我。

“你是一个不受欢迎的人！”红头发太太生气起来，她要把我赶走，我回头看向那个男人，我希望他可以帮我说几句话，可是我身后竟然空无一物。

“我……我只是希望可以给毛板栗庆祝生日，我还带来了蛋糕。”我把蛋糕举起来，老鼠从华生肩头跳下来，他朝我伸出双手，让我把蛋糕给他。

我皱着眉头，我担心这只蛋糕会把这只小老鼠给压扁。

“给他！”红头发女巫严声厉气，我只好把蛋糕递给老鼠。老鼠接过蛋糕来回晃走了几下，我的心悬在了嗓子眼，老鼠很快就找到了平衡，然后稳稳地托起蛋糕朝桌子走去。

老鼠托着蛋糕跳上椅子，再从椅子跳上桌子。

“这只蛋糕看起来美味极了！”红头发太太这才露出笑容。她今天穿着一件露肩的晚礼服，腰后部系着一只硕大的蝴蝶结，看起来很像日本女人穿的和服后面系的结，只可惜她的头发是红色的。

老鼠给我倒上一杯橙汁，他还在人群里给我找到一个空座。我在屋里看见了大胡子、粉色章鱼还有颜川，坐在角落里的赵摩卡正在拉小提琴，大家看起来都不像坏人，我微微松了口气。

“红头发太太，你能介绍我认识毛板栗吗？”我眨巴着眼睛，这可是我今天闯进生日派对的真正目的。

“唔，老鼠刚刚把橙汁泼到了毛板栗身上，她刚去了房间换衣服。要不你在这里先听我唱一首歌，桌面上还有姜汁饼干，好吃极了。”红头发太太伸了伸她的脖颈，像一只白天鹅。

“听起来这个主意好像不错！”我喜欢姜汁饼干，没有什么点心可以和它媲美。

于是我坐到华生的身边，他好像有些喝醉了，整张脸看起来像狒狒的屁股。

红头发太太开始唱歌了——

《她遇见了一颗彗星》

噢吧咧，噢吧咧

地下室里住着一位可爱的姑娘

她的脸长得好像一轮满月

她总是把馅饼烤焦

坐在她身后的胖子总是喊她“毛板栗”

花园里的玫瑰开花了……

她喜欢的男人住在火星上

她每天晚上都坐在窗台弹着她的竖琴

可是他们永远无法相见

除非她死去

她即将死去

她的灵魂在空中游荡

她遇见了一颗彗星

红头发太太唱完了，大家都开始鼓掌，华生高喊："太太，再唱一首吧！"

我却打住华生，我拽住红头发太太问道："太太，毛板栗应该换完衣服了吧？"

"我不知道，你可以去房间看看她。"红头发太太正沉浸在大家的赞美声中，她完全不想理会我。

我只好叹了口气，朝着里面的房间走过去。

杂货铺的东西乱七八糟，我从箱子中间穿梭过去，还跳过一簸箕纸牌——居然有人把纸牌也拿去杂货铺卖，真是奇怪。

我走到了卧室门口，我先是敲了敲门，高声叫道："毛板栗小姐，我非常想成为你的朋友，你可以开门吗？"

屋里没有任何动静。

我猜测可能刚才的用词不太妥，或许毛板栗是一个非常敏感的女孩，我需要换一换说话的口气。

"亲爱的毛板栗小姐，我叫德芙，我的太阳星座是射手座，但是我的上升星座是天蝎座，我还没有弄清我的月亮星座在哪里，如果你有兴趣，我可以给你看看我的星盘。"

还是无人应答我。

我生气极了，我觉得毛板栗这人太孤傲，她怎么能这样来对待一个如此有诚意的人？

我一脚把门踹开了。

我的正对面挂着一幅巨大的油画，画中出现了一大片垂着头的向日葵，一个背过身的女人正仰望着夜空，她的上方是布满星星的夜空，而火星在星星的右上方。

我走了进来。我以为毛板栗会坐在床上，但是床上只有一只傻不拉几的维尼熊，我的右手边是一个壁炉，炉里的火正在“滋滋”地烧着，壁炉旁放着一个茶几。

茶几上有一本书，叫《自杀俱乐部》。

“该死，怎么又是这本书？”我嘟囔着。

很快，我就发现房内没有任何人，毛板栗消失了……

“红头发太太，毛板栗不在这里！”我朝着客厅大声地喊着。客人们都走了过来，老鼠走在最前面，他茫然地看着我，仿佛我在说一件让人难以置信的事情。

红头发太太走得最慢，她拨开人群，挤了进来。

“我亲爱的毛板栗，你躲去哪里了？”红头发太太蹲下来，她以为毛板栗藏在床底下，或者是窗帘下方，但是很遗憾的是，这两处根本就没有人影。

“红头发太太，我觉得这世上根本就没有毛板栗！”我皱着眉头，我觉得所有人都在欺骗我，包括华生。

“不，她一直存在着，当你认为她存在时，她就存在着，当你刻意寻找时，她就消失了。你看，她刚才还在这里喝了一杯橙汁！”红头发太太指了指窗边，那里摆着一个空着的杯子，杯子里还有一些喝剩的液体。

我好奇地走出去，拿起杯子放在眼前观察了半天。突然，我尖叫起来，我发现了一个巨大的秘密……

Chapter 06

没落贵族

星期天的下午是用来逛街的。

虽然太阳有些大，白色的阳光恶毒地射在每个女孩白皙的皮肤上，它们像白雪公主的后母一样憎恶这些吹弹可破的肌肤，他们要在这些肌肤上种下斑点、皱纹，最好把这层皮肤晒烂晒伤，让姑娘们后悔出门没有带遮阳伞也没有涂防晒霜。

我觉得我比那些女孩聪明。

我是下午四点出门的，这时太阳光已经没有之前那么强烈了。我戴着一顶帽檐很宽的帽子，踩着一双尖头靴子。我打扮得像一位贵妇，然而事实上我兜里只有几张纸币，这是我这个礼拜全部的生活费。

我走进一家咖啡馆，学着贵妇的模样点了一杯咖啡，系着领结的侍者问我是否还需要其他东西，比如姜汁饼干之类的。我摇摇头，我告诉这位可爱的侍者："我在减肥，不想吃甜点。"

于是侍者给我端上一杯咖啡——这杯不加糖不加奶却价格昂贵的咖啡让我恶心死了，我强忍着厌恶的感觉小小地抿了一口。

"这位小姐，我们店里推出了一款法压壶，你是否需要买一个回家，再搭配上我们店里的咖啡粉，在家也可以制作出香浓的咖啡。"侍者游说着我，我猜想他若是把这款法压壶推销出去，一定可以得到一笔奖金。

"这么丑陋的东西，它居然要三百八十块！"我暗自惊讶，脸上却迅速转换成一副无所谓的表情，"你给我拿一个吧，搁在我桌上。"

我兜里的钱刚好够买下这个法压壶。

侍者很高兴，他笑眯眯地把法压壶包装好放在我的桌面上，还帮我倒了一杯柠檬水，我有些沮丧，因为我并不想花掉这笔钱。

我突然看到了墙壁上的油画。

“那是我们老板刚买回来的油画。”侍者介绍着，他期望我把这幅画也买下来，这样他这个月的奖金就足够他付一年的房租了。

我真是厌烦透这名侍者了。

可是我依然微笑着，我用右手托着下巴问道：“我能去欣赏一下那幅画吗？”

“当然可以，如果你愿意，也可以买下来，它的价格是三十八万！”侍者说话的语气十分温柔，任何数字从他嘴里说出来都会让人听着很舒服。

“暂时不用，我只是觉得那幅油画看起来很是眼熟。”我微笑着，我真是讨厌死这名侍者了，我快步走了过去。油画右下角画着一个英俊的男人——我想起来了，我在美术馆里见过他。

“你好，先生，你长得真是帅极了。”我对他微笑，还恶作剧般朝他吹了口气。

画中的男人颤抖了一下。我以为是我眼花，于是我用力揉了揉眼睛，还把睫毛膏揉到了脸上。

油画还是挂在墙上，纹丝不动。

“大概是昨天晚上我没有睡好吧。”我自言自语道，我觉得刚刚一定是幻觉，我需要回去休息一下。

我将兜里的钱递给侍者，我花了三百八十块钱买下了法压壶，尽管它看起来最多就值五十块钱，可我义无反顾地把它带回了宿舍。

我敢肯定周灯一定会尖着嗓子训我：“德芙，你怎么可以花去一个礼拜的生活费买下一个玻璃壶？天啦，难道只是因为你喜欢咖啡粉被冲开的味道吗？”

对，我就是深深地迷恋上咖啡粉被冲开的味道，它让我想起我跟某位长着小胡子的男人一起喝下午茶的画面：微焦的德国牛角包，百利甜酒慕斯蛋糕，再搭配一杯温度刚好的拿铁——现磨出来的咖啡粉冲出来的拿铁和速溶咖啡冲出来的味道完全不一样，空气中弥漫着一股浓郁的咖啡香。

周灯是不会明白的，他只会跟我计算早饭花了多少钱，午饭花了多少钱，晚饭在超市里拿一些免费试吃的小饼干，再买一杯酸奶就可以打发了。

噢，我讨厌消化饼干的味道，我甚至有些讨厌周灯了，他整个人看起来是如此的寒酸，怎能和我在一起恋爱？！

我是在咖啡馆里认识颜川的。

那天我一直在哭，从上午八点哭到下午两点，哭到咖啡馆开始供应下午茶。打着领结的侍者不好意思地询问我是否需要来一杯热可可，他可能觉得喝热可可会让糟糕的情绪有所缓解，可是事实上任何一种饮品都无法让我心平气和。我坐在窗边的这个位置上，一直哭，不停地哭。

我失恋了，我找不到任何我应该失恋的理由，可是我就是失恋了。

哭的间歇，我拿起纸巾擤了一下鼻涕，我发现我对面坐着一个男人，他正在嚼着一块三明治，友好地冲我笑了笑。

我尴尬地看着他，或许我只是在尴尬我面前这堆用完的纸巾团，总之我尴尬极了。我努力挤出一丝笑容，算是对他主动打招呼的回礼，我猜想我现在的模样一定难看极了。

男人依然对我笑，他突然端起手边的咖啡杯走过来，然后坐在我对面，顺便帮我把面前的纸巾团清理干净。

“你要是嫌眼泪多，要不卖给我吧？”

我被他这句话问愣了，过了一会儿，我擦干眼泪，我告诉他，我失恋了。

“哈哈，你有男朋友，为什么还会失恋了？”

“我……我没有男朋友！”

“你敢看着我的眼睛再说一遍吗？对我撒谎会付出很恐怖的代价哦！”

“我……我真没有男朋友。”

“OK，那从现在起我开始追求你，我叫格。”

我吓了一跳，颜川的表情却十分认真。

其实，我只是好奇他怎么知道我有男朋友——周灯是我的男朋友。

周灯真的笨得要命，我跟他交往的这半年里我还偷偷交了三个男朋友，甚至还和其中一个男朋友一起去海边玩了一个礼拜，他居然一点儿都不知道。

这也是我为什么不跟周灯分手的原因，他喜欢我，喜欢到放弃所有原则，他把身上所有的钱都给我花。我拿着他的钱给其中一个男朋友买了一块可以记录卡路里的电子表，后来我们分手了，他把手表还给了我，我顺手把它扔给了周灯。

周灯简直欣喜若狂，他以为这是我给他买的礼物，虽然看上去像二手的。

这也是我为什么不跟周灯分手的原因。

颜川约我去听一场星座讲座。

主题是解读太阳、月亮、上升点及人格结构的重要元素。

其实我对星座知识的了解非常有限，我总觉得如果可以预知多年以后的命运，那人活着就没有什么惊喜可以期待了，当然假如星座可以告诉我多年甚至几天后会遭遇什么不测之事，我还是愿意去倾听的。

这就是我的性格，长也可以，短也可以，圆也可以，扁也可以，反正我自己开心就好。

主讲人是一个老头，操着一口极其浓烈的印度腔英语，我十分费力地辨别出几个我可能理解的单词，无奈他语速过快，半个小时不到我就开始东张西望。

我想溜开一段时间。

我发现如果我起身去厕所，上完厕所时就可以从小门溜走，且不会有任何人发现我。

于是我拎着包，捂着肚子，做出一副很难受的表情，然后猫着腰，快速朝厕所跑去。

刚走出小门，我突然听见有人叫我，回头一看，居然是颜川。

“你这叫逃兵。”

“我肚子真的不舒服。”我努力掩饰，尽管我真的很好奇颜川为什么会出现在这里。

“噢，你一定是喝了冰咖啡导致肠胃紊乱。”

“对对对，就是那杯冰咖啡。”我像小鸡啄米般点头。

“我有一颗神奇的药丸，吃完你就会舒服点儿。”颜川从口袋里掏出一颗白色的药丸，我还没看仔细他就上前掰开我的嘴巴，硬生生地塞了进去。

简直难吃极了！

“你回去听讲座吧，我猜接下来他会分析射手座下个月的运势了。”

我只好乖乖地坐了回去，印度老头从在座的人群里挑出几个人看他们各自的星盘，很不凑巧，我被挑中。

“啊……嗯……哦……”印度老头认真地看着我的星盘，突然他睁大眼睛看着我，我不知所然，只好也睁大眼睛看着他。

“怎么啦？”

“Nothing。(没事)”

我真是无法跟这个老头沟通，我撇撇嘴，印度老头转身去看另一个人的星盘。

这个时候，我的肚子突然“咕咕”地叫了起来，我觉得我应该是饿了，可是过了几分钟后，我感觉不是饿，应该是肠胃不舒服，于是我轻轻揉了一下肚子，希望可以缓解一下疼痛。

可是我居然放了一个臭屁，屁声如此巨大，导致我身边所有的人都掩着嘴巴和鼻子，我不好意思地低下头，希望这股味道快点儿消散。

接下来，我的屁声不断，好像上了弦一样，噼里啪啦地响个不停。我立刻起身往厕所跑，还未等我走出屋子，裙子上突然传来一阵温热。

我、拉、出、屎、了！

我隔壁那个穿红色T恤的女孩指着我的下半身连声尖叫，她这辈子都没见过一个站着就可以拉屎的女人。

我真是恨不得把屋子里的所有人都埋进土里，永世不准出来，我都不知道我如何面对我今后的生活。

实在是太丢人了，我完全控制不住我的括约肌（人体内的括约肌常见于消化道和泌尿系统）。

我想颜川一定不会再喜欢我了。

周灯说一定是我喝咖啡喝的，咖啡虽然是通便的，但是我早中晚各一杯就会变成拉肚子，我不置可否，颜川约我去吃晚饭，我正在思考究竟穿哪条裙子去赴约。

“可是德芙小姐，你明明答应我去看电影的。”

“我不喜欢看剧情片，你自己去看，回来跟我讲剧情好了。”

“我已经买了两张电影票，周三晚半价。”

噢，又是打折，在周灯的账单里除了打折还是打折，是不可能出现正价商品的。

“我晚上约了人吃饭，就这样吧。”我干脆利索地挂掉电话，实在不想跟周灯再耗下去，反正我知道他不会生我的气。

颜川把晚餐地点订在一家老式俱乐部里，我听说过这家餐厅，可惜未曾有机会进来过，因为它只对会员开放，而且招收会员的条件十分苛刻，据说很多会员都是世袭下来的，像我这种平凡的女孩怎么可能成为会员。

颜川一定是出身贵族，我发现我更喜欢他了。

餐厅里大部分是上了年纪的客人。秃顶的男士穿着衬衣西裤，系着别致的蝴蝶领结，颤颤巍巍地把餐巾布塞进脖子下方。女士们则穿着旗袍或者连衣裙，披着纱巾，口红完全浮在干瘪的嘴唇上。今天的例汤用一个敞口的透明玻璃壶盛着，服务生提着玻璃壶给每位客人加汤。

吃到一半时，隔壁桌的老头过来跟颜川打招呼，我发现他长得极像墙上那幅壁画里的男人，他却笑眯眯地告诉我那是他的曾祖父。

“他们当时正在讨论晚上要不要去葡萄牙人开的酒吧里玩，坐在我曾祖父旁边的正是颜川，这一幕恰巧被一位画师记录下来了。”

“咳咳！”颜川被酒呛住了。

“哦，怎么可能是颜川呢？他应该是颜川的曾祖父，你看我都老糊涂了。”老头赶紧解释，朝着我咧开嘴笑，露出仅有的几颗牙齿。

可是为什么颜川戴着一条和画里一模一样的丝巾？连细部花纹都一模一样——我一定是喝了太多的百利甜酒。

“别看那幅画了，你应该专心和我约会。”颜川面无表情地说。

吃完饭，颜川送我回宿舍，我正担心会不会遇上看完电影的周灯，谁知竟然真的遇上了……

“这部电影有趣极了，我一定要跟你讲一下它。”周灯兴奋地跑上来，完全忽视了我身边还站着一位男士。

“这位是？”颜川好奇地看着周灯。

周灯也好奇地看着他。

“我的朋友。”我回答得干净利索。

周灯的脸上浮现出一丝惊讶的表情，不过很快，他就伸出手跟颜川握手。

“太好了，我还以为你是她的男朋友，我正在追求她，祝我好运吧。”颜川微笑着，他是故意这样说的。

周灯立刻纠正颜川：“我是她的男朋友，我们俩在一起很多年了。”

“他、不、是、我、男、朋、友。”我咬紧下嘴唇，如果一定要我在颜川和周灯之间选一个得罪的话，我宁愿选择周灯，因为我知道无论我做什么他都会原谅我。

周灯的脸顿时变得如死灰一样。

我本来还想说一些缓和气氛的话，谁知周灯双手握拳，面部肌肉紧张！

我以为周灯会冲过来打我。

哪知，他转过身走了……

我背后像是出现了一个人，把我往前一推，我走上前想拉住周灯。突然，一个闪光的东西“嗖”地飞了过去，我脸上一阵冰凉，我赶紧摸了一下脸，手上沾满了黏稠的液体。

是血，是我的血！

周边的人都尖叫起来，难道我的脸看起来很严重吗？我忍不住号哭起来。事实上，我的恐惧大过我的疼痛，我无助地看着颜川，希望他可以给我提供帮助。

颜川像想起什么似的，从口袋里掏出一面镜子，我从镜子里看见一张极其惊悚的脸——天啦，我左边的脸蛋儿上居然裂开一个大口子，我都可以看见里面的骨头。

“你可以戳一戳那块骨头，或许会有意外的收获。”颜川温柔地对我说，好像他一点儿都不害怕。

我真的用手指戳了戳，然后那块骨头变成了一条蛆虫，它缓慢地抬起头，突然——它用力地咬了我一口。

除了昏厥，此刻我什么也做不了。

醒来的时候我躺在一张巨大的蜘蛛网上，我身上盖着一床枣红色的天鹅绒被子。

颜川正坐在我对面的沙发上看书。

“颜川，请问我这是在哪儿？”

“嘘……”颜川对我做了一个手势，“我在看一首诗，它写得美极了，我念给你听。”

《炸毛的火鸡》

隔壁杰克叔叔最近弄丢了他的妻子

他像一只炸毛的火鸡，在屋子里踱来踱去

他喜欢妻子做的馅饼

他喜欢妻子煮的咖啡

他还喜欢妻子为他熨烫的衬衣，一个褶皱都没有

可是他就是不爱她

他喜欢街头咖啡馆里的女侍者

她有一对大胸

在一个安静的午后

焦虑的杰克叔叔开枪打死了她

“嘿，我弄丢了我的妻子，你怎么还对着我笑！”

“你快告诉我你究竟是谁？我怎么觉得你可怕极了。”我愈发觉得颜川眼熟起来，我一定是在哪里见过他，可是思维偏偏就在这个节点上卡住了，我拼命想跨过这个节点，可就是跨不过去，我什么都想不起来。

“你最好别动，因为蜘蛛医生马上就要给你缝针了。”颜川指了指我的左上角——一只巨大的毛绒蜘蛛正朝着我缓慢地爬来。它最长的蜘蛛脚比我的一条腿还要长，它的头部和胸部分布着许多大小不一的眼珠，看起来毛骨悚然。

蜘蛛爬到我面前，伸出一根蜘蛛脚碰了碰我的伤口。

它吐出一根丝，这根丝迅速穿过我的皮肤，我发出撕心裂肺的叫喊声，坐在旁边的颜川却始终无动于衷。

“它在帮你缝伤口，它可是很棒的外科医生。”

我疼得晕死过去，汗水把我身上的衣服弄得湿漉漉的，我好像刚从水池里出来一样。

不知道过了多久，蜘蛛终于停止了工作，顺便帮我把蜘蛛网剪断，我掉在了地上。

颜川搬来一面镜子，放在我面前。

我的脸上出现一条白色的“蜈蚣”，这条“蜈蚣”横在我的眼角和嘴角之间——天啦，我完全无法接受现在的模样。

颜川终于站起身来，他把屋子里的灯全部打开，我这才发现原来这是一间餐厅。不，这就是我和颜川之前来的那家餐厅，周边坐满了正在吃饭聊天的人。

“各位，这位小姐是我新女朋友，希望大家可以喜欢她。”颜川搂着我的腰，脸上露出一丝诡异的笑容。

“噢，她长得实在是太难看了，你看她脸上那道伤疤。”

“我敢打赌她绝对是罗圈腿……”

“她在哭呀，她哭起来的样子像格格巫。”

所有人都在议论我，我捂着脸痛哭起来，我开始疯狂想念周灯，我想念他身上廉价洗衣液的味道，还有他口袋里的消化饼干。

这难道是上天给我的惩罚吗？

我想离开这家餐厅，颜川却拉着我跳起舞来。这首曲子古怪极了，我根本跟不上它的节奏，渐渐地，颜川拉着我满屋子疯转，我感觉我的胳膊和腿都要被他甩出去了。

周边的一切都变得光怪陆离起来。

我只听见自己巨大的尖叫声。

我好像已经死了，可是我不会死的呀。

我应该是梦见周灯了。

我梦见他在剥板栗，满满一盆子板栗，周灯就坐在我面前，一颗一颗地剥开，放进左手边的空碗里。

我叫他，他不搭理我，于是我挣扎起来摇晃他，他还是不理我，好像我根本不存在一样。

我生气了，一脚把那盆板栗踢翻。周灯依旧不说话，默默地把地上的板栗捡起来放进盆里。

他继续剥他的板栗。

门突然开了，一个女孩走进来，她梳着马尾，瘦不拉几的。周灯看着她进来，立刻起身，把剥好的板栗塞进她嘴里。

我气得直跺脚，我恨不得把那个瘦不拉几的女孩撕成碎片，可是任凭我怎么用力，我就是无法靠近那个女孩。

最后周灯牵着那个瘦不拉几的女孩向门外走去，愈走愈远。

我努力地走向大门，我希望我可以追上周灯，哪知大门却被人反锁，我费尽力气打开大门，出现在我眼前的却是另一个男生。

这是那个和我去海边度假的男生，我和他因为一些事情吵架，他还打了我。回到家后，我欺骗周灯，说那是我不小心撞上柜子角撞的。

此刻这个男生又给了我一拳，这一拳直接打中我的眼窝，我的眼珠“啪”地一下掉了出来。

我尖叫一声：“这是梦，这是梦，这不可能是真实的。”

我再次醒来的时候，四周已经变成白色的墙壁，给我换药的护士告诉我，我被送进来的时候脸上插着一块玻璃片，鲜血流得满身都是。

护士还说那晚有两个男生在楼上打架互扔啤酒瓶，其中一个啤酒瓶砸了下来，碰巧我就被那个啤酒瓶砸中了。

我问她周灯去哪儿了？

她叹了口气：“他把人家餐厅的一幅画给砸了，餐厅老板报警把他抓了起来，那幅画好像有上百年的历史，都不知道他怎么赔得起。”

我默不作声，趁着午休时间，悄悄溜出了病房。

我要去找颜川，我知道他在哪里。

他在我们第一次见面的咖啡馆里，每天下午颜川都会坐在那里喝下午茶。

“颜川！求你放过周灯吧，这一切都是我造成的，与他无关。”

颜川仿佛知道我要来找他，不紧不慢地喝了一口咖啡，略带轻松地看着我的眼睛，说：“我亲爱的德芙小姐，你为什么要帮一个跟你没有任何关系的人说话呢？”

“不，他是我的男朋友。”

颜川微微一笑，左眼角的肌肉微微抽动了一下。

“那我们俩是什么关系？”

“对不起，我……我对你撒谎了，其实我和周灯是正式的男女朋友，但是我背着他和好几个男生交往过。他一直爱着我，他把他身上所有的钱都用来给我买东西，我却拿着他给我的钱去买了一个三百八十块的法压壶。”我说不下去了，大颗大颗的眼泪滚了下来，桌面上很快积成一小滩水。

颜川终于大笑起来，他说他把这杯咖啡喝完就告诉我一个可以把周灯救出来的办法。

于是我坐在了颜川对面，我以为他会继续说下去，哪知道他却低头看起了桌面上的报纸。

太阳快要落山的时候，颜川起身买单，我跟在他身后。他快速穿过马路，朝餐厅走去，我不敢分神，只能一路小跑。

走到餐厅门口时，颜川停住了脚步。

“你不进去吗？”

“不，我不走正门进去。”颜川耸耸肩膀，“我今天忘记带钥匙了，得让服务生给我开门。”

餐厅大门隔壁的墙面上裂开了一道缝，缝愈裂愈大，渐渐大到足够我们两个人走进去。

餐厅里依旧坐满了人，大家开始议论我脸上的伤疤，其中有一位老太婆站起来，拿着空碟子使劲儿敲我的脑袋。

“一定是她让周灯把颜川的家给砸坏的。”

“她长得这么难看，周灯怎么会喜欢她？”旁边的老头拽住老太婆，老太婆却朝着我的背影吐了一口唾沫。

“大家不要吵，我今天带她来就是想问问大家这件事该如何处理。”颜川做了一个安静的手势，人群里很快有人尖叫一声：“我们扒了她的脸皮！”

这个建议立刻得到一部分人的附和。

过了一会儿，又有人提议：“砍了她的脑袋！”

又有一部分人同意这个建议。

颜川转过身，背对着大家，他正在思考。

“我们得惩罚她去做一件餐厅最需要的事情。”最前排的老头提议，颜川立刻点点头，他认同这个提议。

“让她每个周末都过来洗碗。”颜川看着我，我看得出他极希望我同意这个惩罚措施。

我点点头，只要可以把周灯救出来，让我做什么我都愿意。

况且这个惩罚比我想的简单多了。

餐厅的洗碗间比我想象中的还要糟糕。

我一进门就撞上了门框，接着我又被地上的抹布绊倒，等我爬起来的时候，操作台上的碗碟已经堆到天花板那么高了。

和我一起搭档干活儿的人穿着一件非常宽松的衬衣，这件衬衣一直到他的脚踝，以致我都不知道他究竟有没有穿裤子，或许就是把衬衣当裙子穿——衬衣后头还缝制着巨大的帽子，他把脑袋藏在帽子里，我从侧面只看得到高挺的鼻子。

他的鼻子居然是粉色的。

“你好，我是德芙，是新来的洗碗工。”

“哦，欢迎来到地球。”这个人转过身，我立刻吓了一跳，这不是粉色章鱼吗？！

“天啦，你怎么会在这里？”我没想到居然可以在这里碰见粉色章鱼，他看起来是这么肮脏，头上还长满了无数脓包。

难怪他要把脑袋藏进帽子里。

“嘘……”粉色章鱼对我做了一个小声的手势，“那个颜川啊，他是一幅成了精的画。”

“可是谁让他成精的？”

“你啊，你那年从月球来地球不是骑着彗星来的吗？彗星路过这家餐厅时把一些奇妙的宇宙能量给了他，所以他就成精了。”

天啦，我居然做出一件这么恐怖的事，真是在我的意料之外。

“可是，粉色章鱼，你还没告诉我你怎么会出现在这间脏兮兮的洗碗间里？”

“啊！糟糕，我怎么会出现在这里？”粉色章鱼被我问到了，他陷入回忆里，两只眼球慢慢地变成两颗旋转的夜明珠……突然，粉色章鱼尖叫一声，“我要洗碗，我要快点儿把这些碗洗干净，否则他们会把我的触角都剁下来，做一盘凉拌章鱼的。”

我叹了口气，我就知道粉色章鱼不会回答我这个问题，他的性格简直就是古怪。

洗碗池里的泡沫越来越多，我提醒粉色章鱼，如果再不冲洗，我们俩就会被泡沫淹死，可是他并不打算听我的话，他一直在快速地自言自语：“噢，怎么办？他们会砍了我的触角。噢，怎么办？他们会把我的触角凉拌。”

我生气极了，索性拿起旁边的剪刀把粉色章鱼的一条触角剪了下来。

粉色章鱼总算安静下来了。

“我想起来了，你必须把那幅画的作者签名剪掉，或者抠下来，没有作者签名的画是没有灵魂的，颜川死定了。”

这只章鱼总算告诉我答案了。

餐厅里都是客人，一名洗碗工如何接近放在餐厅最显眼位置的那幅画呢？

我想了一个办法。

我把刚才剪下来的章鱼触角扔进一只巨大的汤碗里，这只碗就被送去装汤。因为厨师很忙，装汤的小男孩又一直在打哈欠，章鱼触角就一直待在碗里。

接着就被送去了客人桌上。

那道菜的菜名叫胡萝卜牛尾芝士汤，也就是说无论如何都不该在碗里出现一条章鱼触角，而且还是粉色的。

我估计那碗汤应该被端上桌了，然后我就跟一个疯婆子一样在洗碗间里大叫："啊，我剪断了你的手！"

粉色章鱼也跟着乱跳，说："讨厌的女孩，我要你赔我的手。"

"我不知道你的手跑哪儿去了。"

"啊，那是我最贵的一只手，你一定要帮我找到。"

"啊，我想起来了，它好像被我扔进了一只大碗里。"我故意放慢语速，一字一句地说后面这句话。

洗菜的女人听见了，赶紧告诉切菜的男人，切菜的男人赶紧告诉炒菜的厨师长，厨师长吓得把勺子一扔，立马跑向厨房大门，隔着缝隙看外面的客人。

一位梳着大辫子的女士正从碗里舀出汤，勺子里有胡萝卜、白萝卜、牛尾和一条粉色的章鱼触角。

"啊，就是那条，就是那条，那就是被我剪掉的手。"我隔着门尖叫起来，客人立刻注意到勺子里的粉色触角，它的眼珠开始突出，整张脸变成了绿色。

人们开始尖叫，有人说那是一种新型怪物，于是客人们抱头鼠窜，我趁着混乱跑了出去。

我手上拿着一把剪刀。

很快，我接近了那幅画。

正当我要剪掉作者签名时，我的身后突然冒出一股青烟，我回头一看，居然是颜川。

“亲爱的，你确定要剪掉作者签名，你不觉得这样破坏了这幅画的完整性吗？”

“的确是，可是我不剪掉它，我就没办法拯救我亲爱的周灯。”

“你为什么要拯救他？你有那么多男朋友。”颜川不解地看着我，他的不解让我开始犹豫……

“可是只有他愿意和没有化妆的我亲吻，而且只有他可以接受我睡觉时不关门，甚至他还会走过来亲吻坐在马桶上的我。”

“噢……”颜川用食指摸了摸太阳穴，“这个问题的确变得复杂起来，可是你确定你是爱着他，而不是被他的爱而感动？”

天啦，我不要回答这个问题，我得赶紧让颜川消失。

该死的生活终于恢复了平静。

周灯似乎忘记了这段时间发生的事情，我敢打赌颜川一定偷偷给他喝了什么东西，他连我买了一个三百八十块的法压壶这件事都忘记了。

我把法压壶放在网上，一百块折价卖。买我东西的是一位卷头发的女生，她一口咬定我的这个法压壶一定有瑕疵，否则不可能卖这么便宜。

“我感觉它至少值三百块。”卷发女孩左右翻看了好几分钟，但是却毫无收获。

“所以你觉得我一百块卖给你绝对有问题，对吧？”我耸耸肩膀，这个法压壶的确没有任何损害，“这样吧，你要是不放心，我可以卖给你二百五十块。”

“Ok！”卷发女孩这才松了一口气。

我想我也忘记了一些事，比如几个月前我和周灯去参观美术馆，我们看见了一幅油画，油画右下角画着一个英俊的男人，我看得痴迷，连手上的咖啡杯被人撞翻都没有察觉。

第二天我再去看时，馆长说那幅画已经被一家咖啡馆老板买走了。

周灯似乎对这件事十分在意，他兴高采烈地告诉我他不用担心我喜欢别的男人了。

其实那个时候我正背着周灯和一个小胡子男生打得火热。

不过现在大家都记不起以前的事了，而且我脸上的那道疤痕也越来越淡，有一天早上起来我发现它已经完全消失不见了。

这确实应该值得高兴，可是我不知道我得在颜川的餐厅里工作到什么时候，好在周灯什么都不知道，他还是每天在超市里拿免费的饼干当晚餐。

只是粉色章鱼消失不见了，听说他想转行去做医生，为什么粉色章鱼要去做医生？

Chapter 07

蝴蝶的眼睛

我和李蝴蝶正在约会。

这是一个普通无奇的下午，我们各自坐在桌子的对面，我的手上捧着一杯热气腾腾的摩卡，李蝴蝶面前放着一台电脑，他正在专心致志地构思他的小说。我和他谈起昨天我和楼下的丽贝卡太太聊天的事情，她的丈夫喜欢上了别的女人，丽贝卡太太为此很是苦恼。

李蝴蝶对我讲述的故事没有任何兴趣，他的眼睛死死地盯着屏幕，他打字的时候像一头牛，鼻孔都在往外吹着气。

我生气极了，我用羊皮靴子踹了一下李蝴蝶的腿，他立刻“哎呀”一声叫起来。

“亲爱的，你踹我做什么？”

“原来你会说话，我还以为你最近患上了口腔肌失常的病呢？”我“咯咯”地笑着，我的口红已经印在杯口上，我却浑然不知。

我喜欢李蝴蝶，我喜欢他喊我“亲爱的”时的语气，仿佛往我嘴里塞了一颗奶糖，甜滋滋的，我全身的毛孔里都透着爽劲儿。

李蝴蝶尴尬地耸耸肩膀，后天就是他的交稿日，但是他丝毫没有头绪，他昨晚为此失眠了一晚上，所以他现在看起来很疲惫，黑眼圈重得像是被人下重笔画上去的，与他那张白皙的脸很不搭配。

“亲爱的，我希望有人在我的脑袋上敲几下，我的脑袋里已经僵成一团糨糊，我连一丝一毫的灵感都抓不到了。”李蝴蝶叹了一口气，他狠狠揪着自己的头发，似乎要把那些头发连根拔掉。

我抿了一口咖啡，窗外正下着毛毛雨，路上的行人都缩着脖子，似乎要把整个人都裹进衣服里，让人觉得天气异常寒冷。我看见街对面有一位穿着单薄毛衣的流浪汉正在垃圾桶里翻找食物，他弓着背，头发枯黄且杂乱，应该是很久没有洗头了。

我把视线移回到李蝴蝶的脸上，他的脸部肌肉紧张，鼻孔微微张开，下嘴唇包住上嘴唇——哦，我猜想他找到灵感了，他找到灵感时的模样总是十分夸张。

我觉得无聊极了，今天下午本来是我们的约会时间。我穿着一件碎花束领的衬衣，还专门去买了一条黑色灯芯绒料子的 A 字短裙，里面穿着的是一套黑色蕾丝内衣，我还给身体的各个部位都喷上了香水。我以为李蝴蝶会期待和我见面，等到我们俩喝完咖啡，或许我还会去他家去休息一下。

现在看来，李蝴蝶似乎更在乎他的电脑，还有他那只该死的鼠标。

我再次看向窗外，我想着我是否需要主动提出回去，毕竟李蝴蝶已经对我没有任何兴趣了……流浪汉居然找到了一个行李箱，他费尽心机地想把行李箱打开，他期待着行李箱里有什么值钱的玩意儿。

我也好奇起来，是谁会把一个那么精致的行李箱扔在马路边，它看起来像是羊皮制作的，把手处用的是铜。

这应该是一个高级定制的行李箱。

流浪汉找到一把剪刀，他想把那个行李箱剪开。我尖叫一声："天啦，那可是定制的行李箱，他怎么能这样做？"

"谁？"李蝴蝶终于抬起头，他顺着我的视线看向窗外。

"那么好的羊皮行李箱居然被人扔掉，看来它原先的主人应该是一位有钱人。"我一边感叹一边摇头，甚至还想跑出去阻止流浪汉的行为。

“那个流浪汉已经两天没吃东西了，他或许期待箱子里有火腿之类的食物。”李蝴蝶眯着眼睛，他的专注力被那个流浪汉彻底吸引了，“他昨天去了汉堡店，本来他以为汉堡店的店员会把吃不完的食物倒在店门口的垃圾桶里，但是很遗憾，店员把潲水卖给了其他人。”

“为什么你知道这么多？”我惊讶地看着李蝴蝶，我只知道他是一位畅销书作家，他拥有非凡的编造故事的能力。

“因为……”李蝴蝶突然笑了起来，唇角往上勾，样子看起来有趣极了。他凑近我，小声地说道，“我还知道你是昨天去买的这条短裙，你里面那套黑色的内衣也是新买的……唔，我喜欢那套内衣的款式。”

我倒吸一口凉气，眉头慢慢蹙到一起，好似两条黑色毛毛虫，在努力接近对方。

“蝴蝶，你跟踪我？”

“不，我喜欢你，但是我没空跟踪你，就好像我喜欢吃德国香肠，但是我并不好奇香肠究竟是怎样制作出来的。不过如果哪天我空闲下来，我倒是很想听人告诉我，我喜欢的那种口味的香肠究竟是取自猪的哪个部位。”

“住口！你就是喜欢欺骗我！”我愤怒起来，我甚至不想和李蝴蝶对视。

我把头扭到窗外，流浪汉已经把箱子的一面给剪开了，他正在费劲儿地把整块皮给撕开——我伸长脖子，我也好奇箱子里到底装了什么。

“啊！”流浪汉尖叫起来，他吓得往后退了好几步，我看见他的双眸里尽是惊恐，仿佛魂儿都丢去了一半。

我不由自主地站起来，双手紧紧地攥在一起。我隐约看见一只苍白的手，可是箱子里怎么会有一只手，最多是一副手套罢了。

“宝贝，你要过去看吗？”李蝴蝶也站起身，他想阻止我，可是我已经完全控制不住自己的好奇心，我急匆匆地跑出去，李蝴蝶跟在我后头。我们俩穿过马路，我差点儿没被一辆黑色轿车撞上，司机冲着我谩骂，李蝴蝶跟他解释，他说我急着要去办一件很重要的事。

这的确是一件很重要的事，我预感箱子里存在着一个大秘密。

流浪汉浑身都在发抖，嘴里发出“呜呜”的声音，像是哭，又像是在说话。我还没靠近那个箱子，就闻到一股奇怪的味道，像是一块放了很久的腐肉发出来的味道。

就是腐肉，是人的腐肉，箱子装着的是一个死去的女人！

“她至少死了二十四个小时以上！”李蝴蝶肯定地说。

“为什么？你以为你是福尔摩斯吗？还是你学过生物学，会通过死人的肤色来判断死亡时间？”我觉得李蝴蝶今天真是奇怪至极，他说的每句话都让我觉得诧异。

“因为过去的二十四个小时她一直待在这个箱子里！”李蝴蝶叹了一口气，他似乎有些可怜这个女人，她已经被肢解，身体的各个部位整齐地摆放在箱子里。

“我觉得我们该报警！”

“是的，我们该报警，但是警察是不会相信我说的话的，这个女人昨天晚上在柳魅力的家中！”李蝴蝶把行李箱给盖上，他没打算拿走大衣，他只是牵着我的手。

“柳魅力？难道是最近那个红上天的男明星？”我被李蝴蝶这句话吓傻了，李蝴蝶却点点头，他告诉我，这个女人昨晚就是待在柳魅力家中，刚才是柳魅力把她扔在了马路边。

“噢，蝴蝶，你是不是写小说写得中毒了？你这些论断是从哪里来的？”我抓住李蝴蝶的双臂，直直地看着他的眼睛，我决定要带他去看心理医生。李蝴蝶摇摇头，他吻了我的鼻尖一下。

“我可以看到每个人在过去的二十四小时之内发生的事，包括你，我的宝贝。”

我倒退了几步，如同刚才的流浪汉。

李蝴蝶见我不相信，便转过身，指了指咖啡馆里那个正在收盘子的男生，说：“比如那个男孩，昨晚去酒吧喝酒喝到十二点，还和人打了一架，他的右臂受伤了，他担心咖啡店的老板不让他上班，所以他没有告诉任何人。”

难怪那个男生刚才给我端咖啡时，托盘里的杯子一直在颤抖，咖啡都洒了出来。

“还有那位太太！”李蝴蝶指了指他电脑后面的那个中年妇女，她正在打电话，眉飞眼笑，李蝴蝶“噗嗤”一声笑了出来，“虽然我听不见她在说什么，但是我猜测她应该是在谈论昨天晚上的事，她是一个妓女，昨天晚上接待了一个老头，老头什么都没做，就让她光着身子在他面前走来走去，就这样，她就收了一千块钱！”

“真恶心，她看起来那么贤妻良母，居然是一个妓女！”我朝地上吐了一口唾沫，看来这世上戴着面具的人多了去了。

“德芙，可是你也好不到哪里去，你昨天晚上和赵摩卡约会了，你们还亲吻了，不是吗？”李蝴蝶突然冒出这一句，我尴尬起来，我觉得李蝴蝶一定是学会了某种特异功能。

“我，我想起来了，我今天还没有浇花，要不我们就此告别吧，电话联系。”我急匆匆地要走，李蝴蝶拦住我，准确的说他是用力拽住我，而我却死命要走，于是一个反弹力将我弹进李蝴蝶的胸膛，我的额头撞到他的肌肉上，我眼前冒出了一闪一闪的小星星。

“宝贝，你又撒谎，你出门前已经浇了水。”李蝴蝶搂紧我，他抚摸着我的后背，让我的情绪放轻松下来，“别太紧张，我还是很爱你的，我知道你并不想和赵摩卡在一起。要不，我们去柳魅力家看看？我很是好奇他现在的心情怎么样。”

我点点头，我知道李蝴蝶和柳魅力是朋友。

李蝴蝶的上一本书被拍成了电影，柳魅力就是男主角，但是李蝴蝶并不满意柳魅力的表演。他说：“我喜欢男主角眼神中带点儿凶狠，而柳魅力演出来的感觉是温柔缓和，和我设定的男主角的性格并不吻合。”

我们俩沿着马路往前走，我担心李蝴蝶放在咖啡馆里的电脑，李蝴蝶摇摇头，他说那个手臂受伤的男生一直想把他那台电脑偷走卖钱，“就让他拿走吧，他昨晚把对方打伤了，需要赔医药费，如果他不偷我的电脑，就要去卖血，这可不是什么好主意。”

我们继续往前走。

穿过广场，我们绕着钟楼走了半圈，再走上一座铁桥，最后我们在樱桃路口停了下来。

“柳魅力住在这条街？”我瞪着李蝴蝶。

“对，那幢红房子就是他的家。”

“天啦，柳魅力居然就住在我家隔壁，可是我却一无所知，你为什么不早点儿告诉我这件事？”我气急败坏。我可是很迷恋柳魅力的，我觉得他就是我心目中的男神，我不止一次在和李蝴蝶亲密时，脑海里幻想着柳魅力的模样。

李蝴蝶大笑起来，我知道他在笑什么。他肯定知道我在他怀里时经常把他的脸想象成柳魅力。

拥有这种超能力的男朋友真是可怕极了。

我们走到红房子门口，我本来以为李蝴蝶会敲门，没想到他却做了一个“嘘”的手势。

他拉着我往房子后面走去，那里有一个小门，是专门给佣人通行用的。

很快，柳魅力家的保姆买菜回来，李蝴蝶塞了一千块钱给她，保姆把钱放进兜里，立刻掏出钥匙把小门打开。

我们正大光明地走了进去。

“柳先生和赵女士在楼上，你可要小心点儿。”保姆叮嘱李蝴蝶，接着，她就哼着小曲开始择她的青菜。

厨房在地下室，若是要去客厅需要走上一节旋转楼梯。这不是一件很难的事，问题是居然有一只黑色的猫趴在楼梯上打盹，我没有看清，一脚踩住了它的尾巴，猫痛得“喵喵”大叫。柳魅力在楼上咆哮一声：“阿珍，你能告诉我你到底什么时候把那只猫扔掉？”

“好的，主人，我保证它今天之内再也不会叫了！”保姆朝着我和李蝴蝶做了一个凶狠的表情。

我只好踮着脚尖往上走。客厅里只留着一盏落地灯，壁炉里的柴火早已熄灭，整间房间有些阴冷，窗帘盖得严严实实。我先前一直以为这房子无人居住，或者是一家私人博物馆之类的，没想到居然是著名影视明星柳魅力的住所。

早知道我就每天都过来拜访他，或许可以和他发生点儿什么。

正当我想入非非时，我看见了李蝴蝶脸上的表情，我叹了一口气，只好赶紧打住我的念头。

二楼，一个女人正在发出奇怪的吼叫声，叫声太恐怖了，像一头猪要被人宰杀时的哀号声……

“那是赵女士的声音吗？”我问道。

赵红莓是白白白护肤品公司的董事长，柳魅力最近代言了她家的面膜，我可喜欢那张白白白面膜的广告海报了，它完美地展现了柳魅力的侧颜。

我迫切地想上二楼去看个究竟，李蝴蝶却抓住我，他说行李箱昨晚一直放在壁炉旁边，根本没有被人带去二楼过。

“可是蝴蝶，你不想看看赵女士吗？或许你看到她之后会有新的线索！”我眨巴着眼睛，李蝴蝶耸了耸肩膀，他也觉得我的这个建议不错。

于是我们俩到达二楼，但是我们不是走上去的，李蝴蝶建议我们悄悄爬上去，像两只闯入别人家的野猫。

赵红莓正骑在柳魅力身上打他，杀猪般的叫声此起彼伏，完全没有发现屋内已经爬进来两个人。

“亲爱的魅力，你喜不喜欢我呀？”赵红莓气喘吁吁地问道，她腰部的肥肉抖动得厉害，感觉她再用力一点儿，那些肥肉会飞出去，溅得一床都是。

“喜，喜欢！”柳魅力闭上眼睛，脸上的五官极度扭曲，他完全不想看着这一大块肥肉，他的双手死死地抓住床单，好似一个可怜人。

我忍不住叹了一口气，李蝴蝶慌忙捂住我的嘴。

“德芙，你这是不对的。”

“我只是太伤心了，柳魅力的女朋友竟然又老又丑，早知如此，我就应该早点儿认识他。”

“噢，我实话告诉你吧，他要是不和赵红莓在一起，下个月白白白面膜的代言人就不是他了。”李蝴蝶摸了摸我脑袋。

正当我万分担忧时，赵红莓又用力扇了柳魅力一巴掌，她说：“没用的东西，你不会和陈橙汁那个小贱人来真的吧？”

“那是娱乐记者杜撰出来的，我和陈橙汁除了拍戏之外，没有多说过一句话，她知道我眼里只有你。”柳魅力解释，他真的不想得罪赵红莓。

“那今天的新闻上你们俩肩并肩从酒店出来的合照，你要怎么解释？”赵红莓的语气极其不好，像是一位训斥下属的恶毒老板。

“我和她在酒店门口遇见而已，你知道我和酒店的老板荒木先生是好朋友，他邀请我还有陈橙汁一起去吃了一顿晚饭，就这么简单。”柳魅力悲哀极了，他感觉赵红莓再这样发怒下去，下个月白白白面膜就要换一位代言人了。

所以，他赶紧爬起来，从床头柜里掏出一个首饰盒，这是他专程从法国买回来的，专门哄赵红莓开心的。

赵红莓见到首饰盒，眼前一亮——她并不稀罕名贵首饰，她家里多的是首饰，她只是以为柳魅力要向她求婚。

赵红莓和前夫离婚五年了，今年她已经四十岁了，如果柳魅力愿意跟她结婚，她当然十分愿意。“不过得做好婚前公证，无论柳魅力以各种目的离开我，他都得不到一分钱！”赵红莓在心里暗自想着。

可是表面上她依然笑意盈盈，伸出肥硕的手掌，说：“你给我戴上吧。”

“好的，我的莓莓。”柳魅力把盒子打开，是一对耳环，不是戒指！

“啪！”赵红莓又给了柳魅力一巴掌，这一巴掌打的比上一巴掌还用力，柳魅力直接被打到床下，他的左半边脸贴在地板上，视线正好和躲在床底下的我撞在了一起。

“柳先生，你好，我是你的忠实粉丝。”我冲他甜甜一笑，柳魅力本能地回应我一个笑容，还把额头的头发拨了过去。

可是很快柳魅力就反应过来，突然他捂着脸颊尖叫起来：“啊！”

“你在叫什么？难道床底下有蟑螂吗？”赵红莓不屑地回应道，她四仰八叉地躺在床上，正想着怎么跟银行行长打电话。

“不不不，这蟑螂个头儿太大了！”柳魅力的声音都在发颤，李蝴蝶对他做了一个“嘘”的手势，希望他不要再发出这种恐怖的声音。

柳魅力是认识李蝴蝶的。

“那你就去拿点儿杀虫剂，喷一喷不就没事了！”赵红莓不耐烦地骂了一声，她已经没有耐性再和柳魅力耗下去，她需要找银行借一大笔钱，但是行长曹芝士却犹犹豫豫，一会儿说白白白护肤品公司的财务报表有问题，一会儿又说赵红莓用来抵押的房产经过评估并不符合要求……总之，赵红莓烦透了曹芝士。

“也许我该给曹芝士送几个女人，或者一些现金。”赵红莓自言自语道，随即她从包里掏出一沓现金扔在床上，“这是今天的费用，看在我急着要走的份上，我就不扣你的钱了。”

“谢谢亲爱的莓莓。”柳魅力千恩万谢，还把赵红莓送到楼下。那只倒霉的黑猫被保姆赶去客厅，它正趴在一楼的楼梯上睡觉，睡得很是香甜，不想却再一次被人踩中了尾巴。

“喵！”黑猫感觉它的尾巴要断了，这一次它的惨叫声非常惨烈，连厨房里的保姆都吓得跑了上来。

“阿珍，我要扣你这个月的工资！”柳魅力气得瑟瑟发抖，他必须要抢在赵红莓之前来训斥阿珍，否则他担心赵红莓会把阿珍赶走。

“对不起柳先生，这只猫大概昨晚偷喝了你的朗姆酒，今天一整天都是昏昏欲睡的！”保姆跪在地上，额头贴着地面，赵红莓根本看不见她的脸。

赵红莓从鼻孔里发出一声“哼”，她懒得理会这些小事，刚才秘书给她打电话，说是曹芝士已经到她的办公室了。

眼见着赵红莓走出了大门，柳魅力这才吐出一口气，他急忙跑上楼，见我和李蝴蝶正坐在他的书桌前吃刚才他们吃剩的饼干，柳魅力忍无可忍地吼叫一声：“你们俩究竟上来做什么的？”

“我要报警，你们擅闯民宅，我必须让警察把你们抓进监狱！”柳魅力气急败坏地骂道，他现在的样子很像一只生气的火鸡。

“很明显，我们俩是来找你的。”李蝴蝶把嘴角的饼干渣擦干净，他总是像一位绅士，无论眼前的事情变得多么不可思议。

“我当然知道，你们俩光天化日偷看我的个人隐私，难道不会因此感到愧疚吗？”柳魅力一屁股坐在地上，他的睡袍敞开，我一眼就看见了他肚子上的赘肉——我还以为他的身材和海报上一模一样——八块古铜色的腹肌。

柳魅力在哭泣，他看起来一点儿都不开心。

“亲爱的魅力，你要是不喜欢这样的生活，完全可以不去搭理那些富婆们。”李蝴蝶叹了一口气，他递了一方手帕给柳魅力。

昨天晚上柳魅力陪赵红莓出席了她姐妹的生日派对，派对上一位富婆摸了他的脸蛋一把，还问他是否有空周末共进晚餐。柳魅力并不想搭理她，但是那位富婆是一部电影的制片人，她已经允诺柳魅力，下一部电影一定让他做男主角。

“太悲哀了，我居然要和那些胖得跟猪一样的女人睡在一张床上，想起来都是噩梦。”柳魅力抱住李蝴蝶的手臂开始抽泣。我有些反胃，把头扭向了窗外。

我看见保姆阿珍正急匆匆地走出去，她手上拎着一只黑色的塑料袋，我以为她是去扔垃圾，结果她朝路边停着的一辆红色轿车走了过去。车内伸出一条手臂，递给她一个信封，阿珍接过信封，并把那只黑色塑料袋递了过去。

红色轿车继续往前开，等到拐弯处，那条手臂又伸了出来，把那只黑色塑料袋扔进了垃圾桶。

“柳先生，我感觉你们家的保姆偷了你的东西。”我把刚才看到的那一切告诉柳魅力，柳魅力大吃一惊，他立刻跑到楼下，李蝴蝶却耸耸肩膀，他说我多管闲事了。

我们跟随着柳魅力走到楼下，柳魅力正学着猫叫，他在找那只黑猫，可是很明显，那只黑猫不在屋内。

“难道阿珍真的把那只猫给扔了吗？”柳魅力绝望了，他一屁股坐在地上，大哭起来。他好像很喜欢坐在地上，像一个小孩一般号哭。

“我猜想她是扔掉了，不过她昨晚也帮你捡回来一个大东西。”李蝴蝶用手比划着行李箱的大小，柳魅力怔愣住，他知道李蝴蝶在说什么，但是他不想听，所以他假装头痛病发作，说是要上床睡觉。

我不想放过这个线索，李蝴蝶拦住我，他告诉我那个行李箱是阿珍从赵红莓的车上拎下来的，跟柳魅力无关。

“所以我们要去找赵红莓！”李蝴蝶打了一个响指。

我却觉得这种找寻索然无味，我又不是侦探，我对这种破案的故事没有任何兴趣，况且警察已经在着手调查。

室外的天气冷得要命，先前的毛毛雨已经变成了瓢泼大雨，我们不得不在旁边的商店里买一把雨伞。李蝴蝶把伞全部朝向我这边，他右边的肩膀已经被全部淋湿了，可是他感觉不到异样。

我却十分好奇赵红莓在过去的二十四小内做了哪些事情，我一直问李蝴蝶，可李蝴蝶的嘴巴却像是上了拉链一样，一个字都不告诉我。

我生气了，我决定不再和李蝴蝶同行，扭头就走进了附近的一家银行避雨。

李蝴蝶并没有发现我的消失，他往前走着，他的大脑在继续运转。

我跷着二郎腿坐在银行的VIP室里，工作人员给我倒了一杯热水，她以为我是要办业务的大客户，她很抱歉地告诉我今天要办理业务的客人很多，我可能要在这里等上许久。

“没关系，我不急。”我笑眯眯地看着这个女孩，事实上我还希望她能给我倒上一杯咖啡，或者再给我来些小点心，我肚子饿得厉害，已经是下午两点，我却只吃了一些姜汁饼干，喝了几口摩卡。

工作人员却没有再搭理我，她还要去服务其他的客人，不过她告诉我二楼有一些食物，如果我感兴趣，可以自己去取。

我点点头，立刻走了上去——大概是我饿晕了，又被淋了雨，以至于我昏昏沉沉，一不小心走错了房间。

“对不起，我只是想找些食物！”我抱歉地看着屋内的两个人——赵红莓和曹芝士，他们也惊讶地看着我，因为我闯进来的时候，曹芝士正坐在赵红莓的大腿上。

“出去！”曹芝士尖叫起来，他担心我看见他放在桌面上的文件，事实上我已经看见了，那是一份贷款合同，赵红莓刚才在上面签了名字。

“我是想出去，可是我还是想找点儿食物再出去！”我坚持我的想法，我实在是饿得不行了。

“出去！”曹芝士继续吼叫着，他的脑袋很大，身体却很瘦削，从我这个角度看，他像一个外星人——人类编出来的外星人。其实我见过的外星人都不是这个样子，比如威廉，他的脑袋可没有曹芝士的脑袋那般大。

“可是她看起来极其虚弱，我觉得她没有撒谎！”赵红莓反驳道，她从左边的抽屉里拿出一袋巧克力递给我，“拿去吧，可怜的孩子。”

“谢谢你赵太太，你可比这个男人和蔼多了。”我接过巧克力，朝曹芝士做了一个鬼脸。

我想离开这里，我觉得曹芝士的脑海里正在酝酿一个把我弄死的计划。

果然，曹芝士叫住我：“你，给我站住！”

“为什么？”我嘴里含着巧克力，我不喜欢曹芝士和我说话的口气，让我感觉他是在训斥员工，可我并不是他的员工，我只是一位路过的陌生人。

“我怀疑你是小偷，我需要对你进行搜身，我还要通知警察把你抓起来。”曹芝士凶神恶煞地说。赵红莓却连连摆手，说：“No，我的芝士宝贝，你不能通知警察，你叫银行保安吓唬吓唬她就可以了，警察来了更麻烦。”

曹芝士恍然大悟，他立刻拿起桌面上的电话，通知保安来他的办公室。

我把嘴里的巧克力咽下去，然后耸了耸肩膀。无所谓，人类的思维方式总是这么离奇古怪。

银行里的保安把我五花大绑起来。

曹芝士依然不放心，他担心我会从绳索里挣脱出来，他甚至担心我还有同伙在一楼，所以他让保安把我身上的所有东西都翻了出来，包括我准备的一本每天记录我体温的笔记本，还有几片干枯的玫瑰花瓣。

“你的身份证呢？”曹芝士疑惑地瞪着我，他无法理解为什么有人出门不携带身份证。

“我从未见过我的身份证，那是什么鬼东西？”我皱起眉头，我换了好多的身份，从最初的大学生、歌唱家、秘书……到现在，我是一名刚失业的女青年，或许我还离过婚。总之，我对我现在的身份了解得并不完整，唯一的记忆就是我的名字叫德芙。

“你肯定是一名通缉犯！”曹芝士断定。他从抽屉里掏出一把枪，枪口对准我，我眨巴几下眼睛，我在思考着这一次死亡之后，我又要变成哪一个女人。

“你为什么看起来不害怕死亡？”赵红莓发现了我的异样，她走过来，把我从上到下打量一番——白色的高领毛衣裙外头套着一件皮质的小外套，头发在肩头散开，极普通的打扮。最后赵红莓把眼神集中在我的瞳孔上。

我终于有些怕了，我低着头，不停地闪躲。

“不，你不能逃避，我命令你看着我！”赵红莓越发激动，她伸出她肥硕的手臂牢牢地捧住我的脸蛋，我突然发现这只手臂看起来异常熟悉，像是那台红色轿车里伸出来的那只手臂。

“我只是不习惯和人对视而已！”我解释着，虽然我知道这不是真实的原因,。

我迫不得已只能和赵红莓对视。

“你撒谎，你的眼睛有问题，我在你的瞳孔里看不见我的影子！”赵红莓浑身颤抖起来，她吓得往后退了几步，碰到了曹芝士的手臂，曹芝士情不自禁地扣动了手枪，子弹不偏不倚地打中了我的胸膛。

我应该倒地，鲜血直流，然后两眼一翻，人类就是这样死掉的。

可是我已经尝试了很多次自杀，我根本就无法死掉。我非常渴望死亡，我一点儿都不想在人类世界里不停地换身份，可是每一次我都无法杀死自己，我已经绝望了。

我低头看了一眼胸口的弹孔，我觉得稍微有些胸闷。

“你，你是鬼吗？”曹芝士说完就晕倒在地上。他是脑袋先着地，然后身体像一条软体虫子一般跟着脑袋瘫软在地板上。

我摇摇头，说：“我不是鬼，不过我需要一些纸巾把这个孔给堵住，否则我身上的血流光了，我还得去医院花一笔钱买血。”

“啊！”赵红莓尖叫起来，她尖叫的时候双腿还在不停地跳动，好似一个上了发条的木偶。本来我还想和她解释一下，可是赵红莓已经完全听不进去任何话，她先在是原地跳了几分钟，接着她就朝门口跳去，她一边跳还一边喊，“我见到一只活鬼！我见到一只活鬼！”

我叹了一口气，看来我真是要花一笔钱去医院买一大袋B型血了。

正当我绝望时，我听见一阵嘈杂的脚步声，还有鸣枪声，我还听见有人在喊我的名字。

“德芙，我总算找到你了！”李蝴蝶从门外跑了进来，他的身后还跟着警察。

我无法解释我在胸口有一个洞的情况下还能正常说话，只好央求李蝴蝶快点把我的绳索解开。我必须拿外套把我胸口的洞给堵上，否则我一定会被警察送进医院，而那些该死的医生又会因为我的心跳问题把我送去太平间。

“蝴蝶，我还以为你根本就不在乎我。”

“怎么会？我发现你进银行后，就立刻报警了。”李蝴蝶抱紧我。后来他发现了我的胸口一直在出血，他很是困惑，我却告诉他这并不是什么大事。

警察把曹芝士带走，我也被送上了救护车，但是赵红莓却撇清了所有责任，她说她只是过来跟曹芝士签订一份贷款合同，她根本就没料到曹芝士会对我开枪。

而且赵红莓还告诉警察我的异常，可是警察却觉得她是因为见到了曹芝士开枪，所以产生了奇怪的幻觉。赵红莓在警察局长的办公室里如同一只火鸡般咆哮：“你这头蠢驴，你怎么可以把我当成精神病？难道你忘记我上次给你送了几条金项链，还有那个会跳钢管舞的女人吗？”

警察局长将一口唾液吞进喉管里，他喝了一口手边的热茶，然后看了看身后的记录员，记录员也在看着他。

“这个女人的确是疯了，不是吗？”

“对，她应该是疯了，我已经看到了。”记录员点点头，他刚才在记录本上画了几只正在打架的蚂蚁，压根儿没听见赵红莓说什么，他只是见到警察局长回头看着他，所以他才抬起头看着警察局长。

他以为警察局长发现了他在画蚂蚁打架。

“既然是精神病，还带到我办公室里来做什么？赶紧送走啊！”警察局长嘟囔一声。他瞟了赵红莓一眼，赵红莓正在拍桌子，她需要通知她的律师过来，可是警察局长不会允许她这么做。

“赵红莓必须送进精神病医院！”警察局长站起身，他打算待会儿早点儿下班，那个跳钢管舞的小妞正在酒店的房间里等着他，他可不想耽误时间。

可怜的赵红莓，她现在还惦记着她的贷款合同，还有下个礼拜要推出的新款白白白面膜。广告片已经拍好了，柳魅力依然是广告代言人。

“我本来可以继续大赚一笔的，都是那该死的行李箱，它毁了我的一切！”赵红莓拿着粉笔在精神病院的墙壁上写道。

白白白护肤品公司召开了新闻发布会，她们需要向记者澄清更换董事长的原因，还要澄清赵红莓女士是突发精神病，之前她整个人都是极其正常的，所以之前她做出的任何决定都是符合情理的，特别是在管理白白白护肤品公司上面，一直要求将化妆品做到最好最安全。

“可是最近有好多女性都反应，她们用了白白白化妆品公司的最新款面膜后都出现了过敏现象，你能对此做一下解释吗？”

“没有什么可解释的，每个人的肌肤状况不一样，有些人吃米饭都会打嗝，难道是米饭有问题吗？”发言人一脸严肃，她早已经习惯应付这种问题。每年白白白护肤品公司的护肤品都会出现这样或者那样的问题，用赵红莓的话说就是：只要不死人，都不是大事！

“有传言说赵红莓女士之所以精神病发作，是因为她天天涂白白白护肤品，导致有害物质侵入神经造成的，这是真的吗？”记者继续不依不饶，她们以为可以把发言人给问蒙。记者们就是这样，她们压根就不想知道事情的结果，她们只想看到被提问者发疯的表情。

发言人却冷笑一声，她可是在白白白护肤品司工作了十多年，她当然知道如何转移记者们的视线，她根本就不打算回答这个问题，而是侧身对着舞台另一边，大声说道：“下面请白白白面膜的代言人柳魅力出场！”

尖叫声、闪光灯还有掌声一同爆发，柳魅力笑眯眯地走了上来。他今天穿着一身银灰色的西服，西裤还专门找裁缝做成了九分裤，好凸显出他那修长的双腿。

“你们好！”柳魅力压低嗓门说道。他在镜头前的声音总是充满磁性，而且语速极慢，像一位不慌不忙的绅士。

“请问柳魅力先生，你和白白白护肤品公司还会继续合作吗？”

“当然，我们依然是合作关系。”柳魅力点点头。前天他就和新的董事长见过面了，那是一个精瘦的老男人，柳魅力以为合同会就此泡汤，结果那个老男人一见面就摸了他的脸蛋儿一把！

柳魅力兴奋极了，他无所谓谁摸他的脸蛋儿，反正这张脸也是假的。他七年前削掉了下颌骨，还做了脂肪填充，而且每个月他都要去打玻尿酸，所以他的皮肤看起来一直很细腻，但是不能大笑，只能微笑，因为他的笑肌似乎已经退化了。

“柳魅力先生，请问之前传闻你和陈橙汁谈恋爱，是否确有其事？”

“这个嘛……”柳魅力假装咳嗽了几声，经纪人刚才叮嘱他了，让他给记者一个莫须有的答案——陈橙汁最近有一部新戏要上，柳魅力可不想错过这么好的一个曝光的机会，所以他故意叹了一口气，看起来很为难的样子，“如果时机成熟，我自然会告诉大家！”

记者们顿时两眼发亮，柳魅力这个意思难道是默认了他和陈橙汁之间的关系吗？记者正准备继续逼问下去，柳魅力的经纪人却上台拦住了蜂拥而至的记者。柳魅力不露齿地笑着，朝记者们挥挥手，往台下走去。

白白白护肤品公司要求柳魅力出场十分钟，他已经出场十二分钟了，所以经纪人必须让他下来，她可不想给白白白护肤品公司免费打工。

柳魅力从台上走下来，立刻把领带给扯松了，最近他做了颈纹去除手术，正在恢复期，领带让他无法正常呼吸。他正打算在沙发上躺一下，再去赶下一场发布会，却看见两名警察朝着他走来。

“我都说了，我和赵红莓女士没有任何关系，我压根儿不知道她和银行贷款的事。”柳魅力咆哮起来。前几天已经有警察来找过他，说是赵红莓和曹芝士签订的贷款合同里有些瑕疵，警察怀疑赵红莓把这笔借款放进了自己的口袋。

“柳先生，你别激动，我们找你是有其他的事，你必须听我把话说完！”警察坐了下来。柳魅力紧张极了，他的双手一直在发抖，最后不得不放在大腿上。

“第一件事，我们接到好几通报警电话，说是用了你代言的白白白面膜后产生了过敏现象，严重的人已经去医院做手术了，她们说你这是在故意欺骗消费者。”

“这跟我没关系，我只是拍广告而已。”柳魅力耸耸肩膀，他才不在乎谁的脸过敏。

“OK，这件事我们稍后再调查处理。第二件事，你有多久没有见到你的法语老师邓兔子小姐了？”

“好像挺久的了……”柳魅力的双眸微眯起来，他似乎有一个多月没有见到邓兔子了，上一次见面还是在他家里，邓兔子跟他说她要去法国度假，所以要请一个礼拜的假，按道理她应该是回来了。

“好吧，我就知道会是这样的答案……很明显，邓兔子应该是死了。”警察抠了一下鼻尖，另外一位同事把一份资料递给柳魅力。

这是一份验尸报告，上面清晰地写着：死者邓兔子，二十三岁，法语老师。

“你们是在怀疑我吗？我没有杀害兔子！”柳魅力辩解，他怎么可能会杀人？他连踩死一只蟑螂都会害怕。

“可是我们在她的家中找到了一些白白白面膜，然后我们拿去化验，发现面膜里含有蜘蛛丝成分。我们怀疑蜘蛛丝来自非洲的毒蜘蛛，可能会致人死亡。那些面膜并不是邓兔子自己买的，而是你赠送的，这一点可以在邓兔子的博客上得到证实，她在博客上炫耀你送给她一大盒白白白面膜。”

警察把博客页面打开，照片里贴着面膜的邓兔子躺在沙发上，她穿了一件低胸背心，看起来很性感。

“太可笑了，我只是把赵红莓送我的面膜随手送人罢了，邓兔子居然还发到网上炫耀，这种女人真是该死！”柳魅力愤怒起来，他双手攥成拳头，他恨不得从页面中把那个女人拽出来狠狠地抽打一顿。

“总之，邓兔子死了，尸体被肢解，被人放在她随身带的行李箱里，而行李箱里原本装的东西被抛弃在路边，我们怀疑是你所为，所以你现在得跟我们去一趟警察局！”

“这是阴谋！这是制片人要更换男主角的阴谋！”柳魅力哭喊着，他的指甲深深地扣住沙发，声音因此变得尖锐而纤细，他语速极快，还伴随着急促的呼吸声，以至于警察都怀疑他们是不是抓错人了。电视里的柳魅力并不是这般模样，此刻的柳魅力看起来更像一个撒泼的妇女。

警察只好把柳魅力的四肢钳制住，然后好似拎着一袋东西一般向警车走去。柳魅力一开始还奋力挣扎，后来他发现他根本逃脱不了，索性闭上眼睛，任由他们摆布。

警察把他扔进警车，警车沿着城市跑了一圈半，最后在警察局门口停了下来。柳魅力的脸色变得极其苍白，嘴唇干枯并出现微微蜕皮的现象。警察将他带进警察局局长的办公室，警察局局长正拿着锉刀磨着指甲，他今天看起来心情不错，甚至还哼起了小曲。

柳魅力坐在他对面，警察把他的双手铐在椅子后面。

警察局局长和柳魅力见过面，在赵红莓的生日派对上，他们俩还喝了不少的酒。那天晚上警察局局长告诉柳魅力，他们监狱里有不少女犯人都喜欢他，如果他愿意，想请他到监狱开一场演唱会。

只是他们都没想到会以这种方式再次见面，而且还是在警察局里。

警察局局长喝了一口咖啡，咖啡里放了太多的糖，这令他感觉很不适应，他的眉毛拧在一起，旁边的记录员立刻领悟到警察局局长的意思，他立刻走过来将咖啡拿走。

屋内只剩下警察局局长和柳魅力两个人。

“柳先生，你好！”警察局局长从鼻孔里抠出一坨鼻屎，弹到地上。他的鼻孔特别大，大到可以将整根大拇指塞进去。

“事实上我连一只蟑螂都不敢打死，怎么敢肢解一个死人？！”柳魅力一边朝天花板翻白眼一边辩解。他已经不是第一次见到警察局局长抠鼻屎了，他胃里很难受，只能把视线移开。

“很多杀人犯最开始的时候都和你一样，他们甚至都不吃肉类，月圆的时候还要歌唱生灵平安，可是他们杀起人来却一点儿都不手软！”警察局局长耸了耸肩膀，他已经听惯了这些辩解，“唔，让我们来猜猜你的杀人动机。是因为赵红莓有了新欢，还是你打算换一位有钱的赞助商？或者，仅仅是因为你压力过大，我知道明星总是容易得躁郁症！”

“我没有得躁郁症！”柳魅力咆哮着，他的双腿不停地抖动，很有节奏感。

“我也希望你没有，但是我不是医生，待会儿医生会判断。我需要知道你是什么时候把箱子扔在马路边的，然后你又去做了什么？”警察局局长的双手交叉握住，他看了手表一眼，记录员还没有把他的咖啡送过来，他有些不耐烦了。

“我把车开回家，本来我准备睡觉，但是赵红莓来找我，她在我家待了三个小时。”

“三个小时里你们做了什么？”警察局局长知道这个问题很难回答，但是他就是想听柳魅力给他描述一番，最好连细节也描述清楚，每一帧画面都要描述清楚。

“该死的，她在教训我，她怀疑我和陈橙汁背着她在一起！”柳魅力咒骂着，可是他突然想起另一件事，然后他的面部表情变得平静起来，他尽量放慢语调，就好像他之前面对他的粉丝时一样，“我那天还看见李蝴蝶和他的女朋友，他们俩是偷偷潜入我家中的，像两只猫一样，爬上了二楼的卧室！”

警察局局长把嘴巴张成一个“O”型，问：“他们跟你说了什么吗？”

“我忘记了，我最近记性很差！”柳魅力摇摇头。他说的是真的，他忘记了邓兔子很久没有来给他上法语课，也忘记了他曾经送过一盒面膜给邓兔子。

警察局局长站起来，他在房间里走来走去，如同一只正在思考的渡渡鸟。记录员端着一杯滚烫的咖啡走进来，与走来走去的警察局局长撞在一块儿，记录员摔在地上，警察局局长趴在他身上，这个场景让柳魅力想起了某些不愉快的画面，他忍不住呕吐起来。

“该死，是你需要换一副眼镜，还是我需要换一名记录员？！”警察局局长生气极了，他扯来纸巾把身上的咖啡渍擦干净。记录员“扑通”一声跪在地上，祈祷道：“上帝啊，希望局长赶紧忘记刚才那一幕。”

“如果上帝能听见你这愚蠢的祷告，那他每天会有多忙？！”警察局局长叹了一口气，他实在没心情责怪记录员，他给一名警员打了电话，他需要知道李蝴蝶最近的行踪。

“李蝴蝶带着他的女朋友去海岛度假了！”警员答复。

“该死，他还会回来吗？”警察局局长这句话像是在问警员，又像是自言自语。

“也许会回来，也许不会。李蝴蝶是一位作家，作家是不需要固定在一个地方生活的，上个月李蝴蝶在哥伦比亚的波哥大听沼泽乐队的演唱会，可是月底他又去了挪威的卑尔根参加爵士音乐节。”警员如实作答。

“够了，你们把他给我抓回来！”警察局局长在电话里咆哮，记录员吓得再一次跪在地上向上帝祷告，警察局局长气急败坏，一脚就把记录员踹开，“你太让我失望了，简直比我的老婆还要啰嗦。”

柳魅力哈哈大笑起来，警察局局长瞪了他一眼，柳魅力立刻把嘴闭上，他的双手还被反铐在椅子后背上，他需要乞求警察局局长帮他解开。

可惜警察局局长已经忘记了这件事，他一门心思只担心李蝴蝶会带着他的女朋友消失在大海里。

“李蝴蝶的女朋友叫什么名字？”

“德芙！”

小岛上的椰树长得很茂盛，像男人的手，手掌还会随着海风微微摆动，如果是在夜色中，那些椰树会让人想到一些不好的东西。

“蝴蝶，你怕鬼吗？”

“这世上可没有鬼，最可怕的是人，人比鬼可怕。”李蝴蝶正在喝一瓶从北欧带回来的松子酒，味道很古怪。他问我要不要试试，我摇摇头，这比冥王星上的大胡子做的血腥玛丽还要难喝。

李蝴蝶见我执意不喝，也不再勉强我。他的脸颊慢慢变得红润起来，他说他要唱一首歌给我听。

“是那首《打捞星星的少年》吗？”

“不是，另外一首。”李蝴蝶拿起他的手风琴，开始唱歌。

《祝你生日快乐》

八爪鱼说今天是它的生日

它需要做一只三层的粉色蛋糕

它还邀请了它的朋友

它把肮脏的家里收拾得干干净净

甚至，它还买了一束蓝玫瑰

晚上八点，一切都准备就绪

晚上八点，蜡烛都点了起来

可是没有一位朋友敲门

八爪鱼难过极了

它砍断了自己所有的手和脚

它把蓝玫瑰扔进了垃圾桶

当它开始死去的时候

朋友来了……

他们仅仅是迟到了半个小时

“这首歌难听死了！”我皱着眉头，我不喜欢这首歌的调子，每一句都是 FA 音结尾，像是用来哀悼的曲子。

“可这是我最爱的歌。”李蝴蝶微微笑着，他举起了酒杯，“我们庆祝一下吧。”

“庆祝什么？”我依然不明白李蝴蝶的意思，从他带我来这座岛上开始，我就觉得他的思维很奇怪，而且他还没有回答我他在赵红莓身上看到了什么。

李蝴蝶却开始昏昏欲睡，他躺在沙滩椅子上，侧过身，拉住我的手。

“宝贝，我似乎做了一件错事，你会原谅我吗？”

“蝴蝶，你做错了什么事？难道你没有准时给出版社交稿？”我睁大眼睛看着眼前的这个男人。他的睫毛很长，眼眶深陷，鼻子高挺，嘴唇看起来毫无血色，我忍不住猜测他这些日子应该过得不太开心。

“不是，我最近总是梦见我在开车，在一个下着雨的夜晚，我一个人开车行驶在樱桃大道上，我似乎看不清前头的路，可是我依然要往前开去……”李蝴蝶越说越悲哀，他闭上了眼睛，双手交叉握紧放在胸前。

我以为他睡着了，所以我决定打开他的电脑，我很想知道他的新小说究竟长什么样子，可是当我打开文档时，里面却空无一字。我失望透了，我怀疑李蝴蝶是不是江郎才尽，所以他才会潜逃到这座小岛上。

我担心他不会再回去，毕竟出版社的编辑还在等着他的稿子，可是他却在这座小岛上每天拉手风琴度日。我猜他是不是已经写完了小说，只不过自己不满意，所以又把文字全部删除了，所以我点开了电脑上的回收站——噢，里面果然躺着一份文档。

文档里写着一个悲哀的故事：从前有一个很忙的男人，某天他忙到夜晚才想起今天是他女朋友的生日，于是他急匆匆地驾车去女朋友家，他想赶在十二点前给女朋友庆祝生日。他开车开得太快了，以至于他根本就没有注意到路上出现了一个正在匍匐前进的人……他的车从那个人身上碾压过去，那个人很快就无法动弹了，直到第二日早上才被流浪汉发现，流浪汉把死去的人放进了一个大行李箱里。

“偷看人的电脑是一种很无耻的行为。”李蝴蝶出现在我身后，他看起来生气极了。

“蝴蝶，我觉得这篇文章写得很好，你为什么要删除呢？而且我非常想知道流浪汉后来把行李箱带去哪里了？”我紧紧地抱住电脑，不让李蝴蝶碰触。李蝴蝶却把我推到地上，扳开我的手指，我痛得哇哇大叫，可是李蝴蝶却丝毫没有怜惜之情。

他愤怒得像一头狮子。

“你把电脑给我！”

“不给，你得告诉我流浪汉后来把行李箱带去哪里了。”

“我怎么知道，这是我编出来的故事！”李蝴蝶吼叫着，我感觉他会把我生吞了。

“不，这不是你编出来的故事，这是你用眼睛看到的故事，你一直不肯告诉我赵红莓身上究竟发生了什么事，其实是因为她身上发生的事情和你有关系，对不对？”

“对，可是这跟你有关系吗？你迟早都会离开地球，你只是一个路人而已！”李蝴蝶一把夺过电脑，我在他的瞳孔里看到一只八爪鱼，可是我怎么会是八爪鱼呢？这一定是我产生的幻觉。

李蝴蝶带着电脑去到一棵椰树下，他席地而坐，继续写那个故事。

“此时Z女士正在邀请L先生来家中做客，虽然L先生无比厌恶这个肥硕的女人，但是他依然驾车赶过去。他撞见了正在搬运行李箱的流浪汉，流浪汉被灯光吓跑了，L先生打开行李箱发现是一具女人的尸体。于是他想到一个绝妙的主意，他故意把行李箱运到Z女士的卧室里，他期待Z女士看到时会被吓晕过去……不幸的是，Z女士并没有打开行李箱，她在L先生来之前贴了最新款的面膜，她根本无法直立行走，而是如同一只蜘蛛般趴在天花板上。L先生吓晕了过去，Z女士只好让L家的保姆把他连同他带过来的行李箱一起送回去。”

“第二日，L先生醒来，他把箱子扔到马路边。凑巧的是，行李箱被咖啡馆里的一对情侣发现。”我站在李蝴蝶身后，帮他把没有写完的部分念了出来。

李蝴蝶的右手手指悬在空中，他的嘴角抽搐了几下，过了好一会儿，他才继续打字：“那个很忙的男人一直爱着他的女朋友，但是有时候爱情并不能解决所有问题，所以很多时候，人们都会选择逃避，或者死亡。”

李蝴蝶自杀了。

他死的方式很有趣，他一头扎进大海里，往大海深处游去，游呀游，直到自己失去了最后一点儿力气，才让自己缓缓地沉下去。

半年后，他的遗作出版，很快就有制片人看上那本书，他们想要拍成电影。

被无罪释放的柳魅力再一次出演男主角，本来电影制片方十分想要邀请陈橙汁来扮演那位倒霉的 D 小姐，但是陈橙汁在确认出演 D 小姐的第三天，莫名其妙地死在了一间造梦工作室里。电影制片方只好联系了最近很红的歌手王遇美，好在她的档期排得开，终于让影片顺利开机。

警察在对白白白面膜进行检测后发现一条重要的线索，原来赵红莓为了让使用者的皮肤变得紧绷细滑，在面膜里添加了蜘蛛丝——“使用完面膜之后，有可能会像蜘蛛一样行走。”一名警察在接受采访时说道。

原来如此。

我在一年后的某一天去看赵红莓，她瘦得厉害，肚子上的一圈赘肉已经完全消失不见了，也许这对她来说是一件好事。我看完赵红莓之后，又回到了李蝴蝶的寓所，这里本来是不准人进来的，法院已经把房子给查封了。

我想回月球了，我想念火星上的威廉先生。

Chapter 08

火星上的晚餐

今早醒来我就感觉事情不太妙。

我的左边眼睛有些疼，揉了大半天也不见好转，于是我从抽屉里摸出一瓶眼药水，我以为是因为昨天加班到深夜导致眼睛不适应才引发的症状，结果眼药水没有一点儿用，眼睛愈发疼痛，我不得不爬起来去照镜子——天啦，我的眼睛为什么会这么红？

一开始我怀疑我是不是得了红眼病，甚至我还怀疑是隔壁的苏珊传染给我的，她经常莫名其妙地生病。有一次她得了甲沟炎，结果第二天我也得了甲沟炎，这一次肯定又是她捣的鬼，错不了！

我气急败坏地换下睡衣，本来今天早上我还要参加一个重要的会议，可是现在我必须先去一趟医院，这不是一个好消息。我讨厌医院挂号处那个颧骨很高的女人，挂号的人每次都需要和她说三句以上的话，她才会答复你，但是如果你说话超过四句，她又会闭嘴，直到你说到第六句时，她才会重新开口。

就像这样。

“麻烦你给我挂一个眼科的号！”这是我说的第六句话，我已经完全不耐烦起来，眼睛愈发疼痛，我甚至感觉我的耳朵都开始痛了。

“安医生今天要十一点钟才来医院，我已经跟你重复了一遍！”女人瞥了我一眼后，继续对着她的电脑。我实在搞不懂，她那台电脑上究竟有什么吸引人的东西，以至于在我和她对话的期间，她只抬头看了我两眼。

“可是我已经疼得要哭了，你能不能不要再对着那台该死的电脑？请问你的工作究竟是对着电脑，还是对着我们这些病人！”我忍不住冲她咆哮起来。

我生气极了，我拍着桌面，虽然我知道此刻我愤怒的样子一定很难看，可是我实在无法忍受继续和这个颧骨女人对话。

她继续盯着电脑。她在这里坐了二十年，见过很多跟我一样愤怒的病人，她已经产生了极高的免疫力。

“我要投诉你！”我发出了警告，颧骨女人终于抬起头看着我。我以为她会出声，哪知她只是指了指对面的墙，那边挂着投诉箱。

天啦，我不能再和颧骨女人待下去了，我感觉我的心脏都快要不好了。

可是我的眼睛依然疼着……我突然想到一个绝妙的主意，我重新把头伸进挂号窗，说：“我要投诉你和安医生，我需要在投诉表上填上你和安医生的全名，还有你们俩的电话号码，否则我担心那个投诉箱就是为了糊弄我们这些病人而做的摆设！”

“这个呀……”颧骨女人的嘴角抽搐了一下，显然她在犹豫。投诉箱上的锁已经锈迹斑斑，应该是很久没有人开过了。

“我可不想浪费时间，你快点儿告诉我！”我用食指和中指敲了敲桌面，颧骨女人只好在一张空白的纸上写上她和安医生的名字和电话。

噢，原来眼科医生的全名叫安古镇。

我给安古镇打电话，我告诉他我是快递公司的快递员，这里有一份紧急的快递需要找他签收，安古镇立刻告诉我他现在的位置——朗姆酒大街八十八号。

我刚刚拦下一辆的士，左眼就开始流泪，的士司机吃惊地看着我，我只好捂住我的左眼。可是当我坐上车之后，又从后视镜中发现我的右眼也跟着红了起来……难道我患上了一种非常恐怖的传染性疾病？是不是接下来我脸上的其他器官也会被传染？

我愈发焦虑，忍不住痛哭起来，的士司机不敢回头，车速变得很快。我下车时，他小心翼翼地提醒我：“小姐，你的耳朵看起来很不一样哦！”

“谢谢你的提醒，我也知道我看起来很不好，在我眼睛没有得这该死的红眼病之前，我真是一位人见人爱的女孩，可是今天我真是痛苦极了……”

我大步地朝八十八号走过去，并没有把司机的话放在心上。

这是一家咖啡馆，安古镇正坐在窗户边和另一位男士喝咖啡，他们面前还摆着牛角包，但是他们两个人似乎都没有心情吃。

我气呼呼地走过去。

“哟，这不是医术高明的安古镇安医生吗？今天天气看起来很不错啊，安医生要不要喝一杯热气腾腾的热可可，还是来一杯撒上肉桂粉的拿铁呢？”我叉着腰骂安古镇，事实上我还没吃早饭，桌面上牛角包的香味吸引着我，我饿极了。

“这位小姐，你看起来好像不太好！”安古镇吃惊地看着我，他缓缓地站起来，盯着我的双眼看。

“当然很不好，要不然我来找你做什么？”我拿起桌面上的牛角包狠狠地咬一口。我吞咽得太快，以至于一大块牛角包卡在喉咙里，我不得不拿起桌上的咖啡喝一口，顺便把面包咽下去。

安古镇从口袋里掏出一方手帕擦了擦手，他捏起我的上眼皮仔细检查起来。他说：“果然是这种虫子！”

我浑身打了一个冷颤，我眼睛里怎么会有虫子？

“安医生，我耳朵好像也不太舒服。”

“当然不舒服，因为它已经长得变形了。”安古镇摸了摸我的耳朵，“或许你该去买一顶帽子了。”

我完全听不懂安古镇在说什么，但是前来收盘子的服务生却被我吓得跌倒在地上，我摸不着头脑，安古镇却拿起椅子上的外套，像是跟我，又好像是跟对面那位男士说：“走吧，我们一起回诊所吧。”

我终于看清楚了我现在的模样……

“天啦，我怎么会变成一只大兔子？”我捂着脸尖叫起来。镜子里的人长着一对毛茸茸的大耳朵，双眼通红，我上个月去美容院做的假鼻子变成了软塌塌的小鼻子，鼻孔也缩小了，更恐怖的是，我的嘴巴裂成了三瓣唇……

我完全无法接受这张兔子脸，当我尝试要去抚摸我的耳朵时，我发现我的手也变成了毛绒绒的兔爪……我看见了我的脖子上正在慢慢长出白色的绒毛，我惊恐极了，我疯狂地撕扯着脖子上的绒毛。

我痛苦极了。

“你是扯不掉的，上个月也有一位患者，她也是打算把全身的毛给扯掉，结果她还是变成了兔子，现在正在动物园里待着，饲养员准备这个月给她配种，她很快就要生产了。”安古镇耸耸肩膀，他正打算给我注射一管药剂，他说这种药剂会让我的情绪稍微稳定一些。

可是我依然很焦虑，我可不想被送去动物园配种，想象着我身后趴着一只该死的公兔子，我胃里的食物差一点就全部呕吐出来了。

“对了，安医生，你刚才好像说我的眼睛里有虫子，请问那是什么虫子？”

“我不太清楚，不过我这位朋友可以帮你解答。”安医生指了指旁边那个男人，我这才注意到他的存在。他看起来体型很庞大，当他把帽子摘下来的时候，我看见了他一脸的大胡子……

“你好，小姐，你可以叫我P先生。”P先生冲我微微笑了起来，我觉得他看起来很眼熟，可是我真的想不起来在哪里见过他。我最近记忆下降得很快，大概是因为我缺少睡眠导致的。

“P先生，你能帮我把眼睛里的虫子抓出来吗？”我可怜巴巴地看着他，双手交叠放在胸前，这样子真像一只大傻兔子。

P先生点点头，可是很快他又摇摇头。

“是这样，我可以帮你把虫子抓出来，但是我并不能保证我可以把全部的虫子都抓出来，而且它已经认准了你这个寄主，所以保不齐它什么时候又钻进你的眼睛里。”P先生耐心地解释着，我听见他厚重的鼻音，我猜测他一定是患有过敏性鼻炎。

P先生让我平躺在床上，我以为他会用镊子之类的东西把虫子抓出来，结果他居然把手指伸进了我的眼睛里。

“你疯了吗？好痛啊！”我痛得哇哇大叫，但是我的四肢已经被安古镇固定在床上，只剩下脖子在左右摆动。P先生一手按住我的脸颊，另一只手伸进我的眼睛里，抓出一条白色的长虫。

“别动宝贝，这只是第一只虫，我感觉它昨晚一定在你的眼睛里下了蛋，白虫每次都会下四颗蛋，所以你左边的眼睛里还有四只小虫。”P 先生继续把手伸进去，旁边的安古镇却纠正他：“不对，还有五条，必须还有一条公虫子，它可以繁育后代。”

“不，这种虫子是雌雄同体，它连性生活都可以自己解决。”P 先生摇摇头，他已经把我左眼里的虫子清理完了，现在他要去抓我右眼里的虫子。

我屏住呼吸……

可是事实上，P 先生只是盯着我的右眼，并没有下手去抓。

“P 先生，是有很多虫子吗？还是出现别的状况了？”我紧张极了，我甚至感觉右眼里的虫子们在集体跳舞。

“你右眼里有一条虫子是红色的！”

“哎呀，你管它是什么颜色，你把它抓出来不就得了吗？”我咆哮着，虫子就是虫子，难道还要按照颜色去区分吗？

“话是这么说，但是我只是好奇它为什么会变成红色。”P 先生把那只虫子抓了出来，扔进溶剂里浸泡。

那条红色的虫子竟然没有死，而其他的白色虫子早已烧成了烟。

“红色的虫子本事很大嘛，看来我要加大剂量。”P 先生把溶剂浓度增加了一倍，很不幸的是，红色虫子还是没有死亡。

“P 先生，请问这是进化了的虫子吗？”安古镇小心翼翼地靠近红色虫子，他只知道白色虫子会让人变成兔子，可他是第一次见到红色虫子。

“对，红色的虫子应该是会让人变成……”P 先生侧过头看着我，我眨巴着眼睛，突然有一种不好的预感……P 先生继续缓慢地说，“红兔子！”

“我不要变成红兔子！”我第二次咆哮，但是这丝毫无法改变我身上毛色的转变，它们先是变成粉红色，然后渐渐地，变成大红色。

“德芙，你别紧张，其实红兔子没有什么不好的，至少你的红眼睛现在看起来没有那么突兀了，因为你现在全身上下都是红色，非常和谐。”安古镇安慰着我，还把我绑紧的四肢松开。我吃惊地看着镜子里的自己，我看起来像一团用来擦车玻璃的红色毛绒抹布。

P 先生把红色虫子装进封闭好的玻璃杯里，他要带回去进行下一步的研究，我却紧跟在他身后，我感觉这世上能解救我的人只有 P 先生。

“P 先生，你一定知道如何恢复成人形的办法吧？”

“抱歉，我真的不知道，我只会抓虫子。”P 先生穿上大衣，戴上帽子。他的家住在市郊，需要坐三个小时的电车，他要是想在天黑前回去，现在就必须坐上电车。

“我能跟你一块儿回去吗？我这样子就算返回公寓也会被送进动物园的。”我担忧着，我现在可是配种的最佳年龄。我乞求 P 先生，甚至还假惺惺地掉了几滴眼泪。

P 先生犹豫片刻，说：“好吧，不过你要保证不许动我家里的任何东西，否则你明天会变成什么颜色的兔子，我可保证不了。”

我万分激动地点点头，我以为我碰见一位救星，我以为我很快就会恢复成正常的人形。

电车是从城市的这一头开去城市的另一头的，倒数第二站时，车上的乘客只剩下我和 P 先生两个人。

“德芙，坐好了，这辆车很快就要穿过墙壁了。”P 先生扶住前排的座椅靠背，我以为我听错了，电车怎么会穿过墙壁？肯定是这对兔子耳朵出现了听力障碍。

可是我突然发现电车朝着一面墙开了过去，我对着司机大叫：“你要撞墙了！”

司机似乎没有听见我的话，他加快速度将电车朝着墙壁开了过去，只听见“轰”的一声，电车开进了墙壁里。车窗外一片黑暗，我学着 P 先生紧紧抓住前排的座椅靠背。P 先生的胡子和头发被风吹向后面，看起来像一头正在飞行的怪物——当然我也好不到哪里去，我的脑袋像一块正在飞行的红色抹布。

“我们是要去哪里？”我朝 P 先生喊。

“冥王星！”P 先生咧开嘴大笑，我看见了他嘴巴里的那颗蛀牙，我终于想起他是谁……

“我不要回去！”我松开前排的座椅靠背，我尝试着往车门处走去，大胡子一把拽住我的手臂，但是车里的风实在是太大了，他根本无法把我牢牢抓住，很快我就挣脱他的手臂走向了车门处。

P 先生，不，大胡子惊恐地喊着：“德芙，你不能开门，你会掉进黑洞的。”

“我才不信你的鬼话，你是坏大胡子！”我努力朝大胡子做了一个鬼脸，用力地把车门打开。

我跳了下去。

我以为我会一直坠落下去，但是没想到坠到一半时，我停在了半空中。

我双手向上举着，双膝弯曲，我以这样一个奇怪的姿势停在半空中，而且我还是一只穿着连衣裙的红色兔子！

我努力让自己坐起来，虽然我的屁股下空无一物，可是我想象着我正坐在一把椅子上。我之前在月球上经常这么想象，所以我现在依然可以想象成功。

“喂，这里有人吗？我需要有人跟我说话，或者给我倒杯咖啡也好！”我四处张望着，我看见一张缺一个脚的桌子，还有一块咬了一半的披萨，以及一把折叠伞，它们都和我一样漂浮在半空里。

“如果没有人，我就唱歌了！”我自言自语道。我感觉到一丝倦意……我不能在这里睡着，否则我真不知道醒来之后自己会变成什么模样！我决定开口唱歌。

《愿羊儿安心吃草》

云朵是奶油的前生

微风是亲吻的前生

而你的前生是一只飞翔的小鸟

你穿过云朵，微风轻轻抚摸过你的翅膀

你看见山坡上有一群羊

它们正在吃着鲜嫩的青草

再远处，有一个年轻的女孩

她长得真是好看

她正看着那个英俊的牧羊人

噢，差点忘记告诉你

她就是你的妈妈

你很快就要飞进她的肚子里

只差那个牧羊人把她娶回家

“你少唱了一句！”一个奇怪的声音传来。我睁大眼睛四处寻找声音的来源，可是哪怕我站起来踮起脚尖，依然没有发现说话的人。

“你是谁？”

“我说你把最后一句漏掉了。”那个奇怪的声音再次传来，我竖起耳朵努力辨别它的方向，我怀疑它来自那张缺脚的桌子，可是桌子后面是伸手不见五指的黑暗，我看不见一个人。

“我想不起来，你可以提醒我一下吗？”我和那个声音对话。

“‘牧羊人可不是你的父亲’，最后一句应该是这样！”那个声音越来越清晰，我睁大眼睛，我感觉说话的人就在我身边。

“你不要玩捉迷藏游戏，我现在已经很悲伤了，我可没精力再去找你在哪里。”

“不用找，我就在你身边。”那个声音继续响起来。

“那我再问你一遍，你是谁？”我已经完全没有耐性了，我敢保证，说话的人一出来，我就一定会拿起那把折叠雨伞敲她的脑袋。

“你千万别敲我的脑袋，我出来就是了。”话音刚落，我突然整个人往后一缩，我还没意识到发生了什么事，就看见一个人影从我的身体里走了出来。

我先是看到那个女人的背影，她伸了一个大大的懒腰，还顺带打了一个哈欠，她转过身，和我对视。

我终于看清楚她的脸，那是一张很苍白的脸，眼睛很大，将其他五官衬托得很小巧。

“你的脸也是在赵摩卡那里做的吗？”我好奇地问她，我觉得她的下巴太尖了，看起来有些像开瓶器。

“不是，我天生就长这样，只有人类才喜欢玩那些骗人的游戏。”她微微笑着，露出两颗虎牙。

“我可不算是人类，我现在也不想当人类了，太复杂了，我完全应付不过来。”我耸耸肩膀，我有些想回月球了。

“好难得听见你说这样的话，我以为你还没有玩够，还想继续在人类的世界里旅游。”她叹了口气，眉头微微蹙了一下，她看起来不是很开心，可是我却想不起她是谁。

她伸出手，拥抱着我。

“德芙，你快乐吗？”

“我，我有点儿快乐，也有点儿不快乐。”我不知道该如何回答这个问题，事实上更好的答案是不太快乐。

“德芙，为什么你不快乐？你那么好看，那么年轻，又有人喜欢你，你也有喜欢的人，我不理解。”她继续轻声说。她的声音很好听，像是催眠曲。

“大概是欲望吧，我发现人类总是充满欲望，没有一天是满足的。”我也伸出手拥抱着她。她很瘦弱，我担心我再用力，会把她的肋骨弄碎。

“欲望？这个词好深奥，我理解不了，我只能理解简单的东西。比如，威廉喜欢你，你也喜欢他。”

突然，我的眉头皱了起来，一把把她推开，问：“你是不是威廉派过来的说客？”

“不是，我不代表威廉。”她摇摇头，她伸出食指指了指我的心脏处，“德芙，我是你的心脏！”

“你撒谎，我的心脏不会跳动。”我愤怒极了，我感觉她是一个骗子，一个存在在黑洞里的骗子。

“它跳不跳动有什么关系？很多人的心脏跳得很用力，可是他们却对爱情失去了兴趣，他们的心脏被欲望笼罩着，和死的人有什么区别？”她把手贴在我的心脏处，眼神里充满慈祥。

我真是听不懂她在说什么。我转过身，打算往前再走走，离她远一点儿，可是她却用力把我往前一推，我踩空了一处，再一次往下坠落。

“砰”的一声，我掉在了地板上。

我是后脑勺先着地的，紧接着我听见旁边有人发出一声尖叫，我依稀可以辨别出来这声音是谁的，我刚和他告过别。

“亲爱的德芙，你怎么会从天花板上掉下来？”安古镇异常惊恐地看着我，他踮起脚尖看了看天花板，竟然没有一个裂缝，他以为我又获得一种神秘的穿墙之术。

“事实上我也不知道为什么我会出现在这里，那个该死的 P 先生居然是大胡子变的，那该死的兔子耳朵到底什么时候才能消失？还有那该死的虫子，到底还在不在我的眼睛里？”我气急败坏地说，然后我用力撕扯我的耳朵，我真希望可以把那对毛绒绒的玩意儿给拽下来。

“亲爱的德芙，你这样子看起来真是可爱极了，有时候当当兔子也不是一件坏事。比如你可以随地大小便，不会有人骂你。”安古镇安慰我，他问我要不要喝点儿东西，他刚煮了一壶咖啡，还拿了一碟姜汁饼干。

我爱姜汁饼干。事实上我饿极了，我迫不及待地把姜汁饼干塞进嘴里，我等着安古镇把咖啡端给我，可是安古镇却在研究到底要往咖啡里加多少奶才合适……我等不及了，我看见桌子上有一只杯子，杯子上写着两个字——喝我。

我不假思索地拿起杯子，里面的液体有点像橙汁，甜中带酸，味道还算好。

我听见液体在我的喉管里冒泡的声音，一瞬间我有些后悔端起了那只杯子，但是似乎已经来不及了，液体顺着我的喉管往身体里面流去，它们奔跑的速度很快。我还没来得及告诉安古镇我喝了他桌上的东西，我的身体就开始发生了变化。

安古镇瞪大眼睛看着我。

“安医生，发生什么事了？”我不解地看着安古镇，我以为我头上又长出一对耳朵，或者我身上毛发的颜色又变成了其他的颜色，比如变成我最讨厌的鸡屎色。

“唔，我觉得你现在的模样比之前好看许多，不信你照照镜子。”安古镇脸上的表情滑稽极了，我不大相信他说的话，可是我依然走到镜子前——天啦，我居然变成了一只浣熊！一只穿着连衣裙的浣熊！

“哈哈，太好笑了！”我自己都忍不住哈哈大笑起来，镜子里的浣熊捂着嘴巴笑着，小屁股还随着笑声左右扭动，好像那些播给小孩子看的动画片中搞笑的画面。

“我说了吧，这样子可比红色兔子有意思多了。”安古镇也跟着“嘿嘿”地笑，他还学我左右扭动屁股，我们俩便在镜子前跳了一小段舞蹈。

可是不久，我又陷入了悲伤中。

难道我这辈子都要活在一只浣熊的身体里，我还能和那些面相俊美的男人约会吗？他们还会亲吻我的嘴唇吗？

我坐在地上，安古镇捧起我的浣熊脸，两只大眼珠无辜地挂在脸上。

“安先生，你能告诉我那个写着‘喝我’的杯子里究竟装着什么东西吗？”

“老实说我也不太清楚，那是P先生送我的酒，我正打算待会儿喝，没想到你抢先喝了下去，幸亏你先喝，否则今天就是浣熊大夫坐诊了。”安古镇耸耸肩膀，他刚做好一杯拿铁，味道好极了。

“又是该死大的胡子干的好事。”我朝地上狠狠地唾了一口唾沫，我必须要找到他，他身上一定有恢复我人身的解药，我可不想被人抓去动物园里配种。

安古镇阻止不了我，不过他建议我去一趟菜市场，他说P先生经常会在那里购买芹菜，他需要用芹菜杆来制作血腥玛丽。

我立刻向菜市场走去，不，跑去，我现在是四肢着地。我本来以为我平衡不了四肢共同运动，没想到我处理得很到位，很快我就学会快速奔跑。我先从窗户上跳下去，落在雨棚上，再从雨棚上往下跳，落在了电车上。我跟电影里会功夫的男主角一样，从这头跳到那头，最后我顺利跳上了一辆开往菜市场的小卡车。

卡车上装着的全是鸡。

“快看，这里有一只穿着连衣裙的浣熊！”一只公鸡首先发出了“欢迎词”，接着其他的鸡都看了过来，音量很大，我感觉我的耳朵都要被它们震聋了。

“你们这群鸡给我闭嘴！”我拿小爪子捂住耳朵，可是它们一直在议论，它们议论我为何会落在这里，以及作为一只浣熊我为何要穿一条连衣裙。

“你们快看，她还打了耳洞！”另一只公鸡尖叫起来，它拼命想把脖子从鸡笼里伸出来，好看清楚我的耳洞，我却对着它的脑袋一巴掌打了过去，说：“别靠近我，你这只被阉了的鸡！”

“哈哈！”另一只鸡大笑起来，它学着我说话的口气教训那只倒霉的阉鸡，那只阉鸡彻底被激怒了，它狠狠地啄了对方一口……两只鸡在鸡笼里打斗起来，场面简直要失控了。我捂住眼睛，和这群鸡待在一起简直是我这辈子最大的耻辱！

“够了，你们这些蠢鸡，能不能告诉我，我上哪儿可以找到火星来的大胡子？”我冲着它们咆哮一声，很快，它们就安静下来了。

一只母鸡最先打破宁静，说：“芹菜，他喜欢买芹菜！”

“可是菜市场有很多家卖芹菜的摊位，他会去哪一家？”我问那只母鸡。

“三十八号摊位，那位卖芹菜的老板最喜欢买一送一！”那只阉鸡开口了，它刚才被其他的鸡啄了一下脖子，脖子上的鸡毛掉了下来，秃了一块。

“OK，你这只阉鸡还算稍微有些作为！”我摸了摸它秃着的那一块，竟然有些心疼起它来。

“谢谢你的赞赏！”这只阉鸡得意地一笑，小眼珠在眼眶里一转动，看起来分外高傲，刚才啄它的那只鸡却冷冷地来了一句：“那也改变不了你被宰杀的命运！”

浣熊和鸡是没有共同语言的，这是我感悟到的一条真理。

三十八号摊位在菜市场的角落里，老板是一位老太婆，她裹着厚厚的头巾，把耳朵嘴巴鼻子都捂住了，只露出她那双深邃的眼睛。

“我想问问那个满脸大胡子的男人到底什么时候过来买芹菜？”我冲着老太婆大声地吼，我以为她听不清我说什么，可是事实上一只浣熊根本无法吼得很大声，我喊到嗓子有些发疼时，老太婆才缓缓地抬起眸子看着坐在芹菜上的我。

“哎呀呀，今天来了一位新客人！”老太婆抬了抬眉毛，仿佛看到一盘可口的食物，我似乎还能感觉她的舌头在口腔里灵敏地转了一个圈，口腔里的口水发出了滴答声。

我打了一个冷战，我有些后悔跳到芹菜上面，可是正当我准备跳下去的时候，我看见隔壁的西红柿上面居然坐着一只老鼠！

我见过那只老鼠，他是奇幻杂货铺的二掌柜！

我突然意识到眼前这个裹着头巾的老太婆的真实身份，我注视着她额头旁边那几根悄悄跑出来的红色头发，还有她说话时眉头的形状，我万分肯定她就是红头发太太……

我下意识地往后挪了几步。

“小家伙，你不是要问我问题吗？我刚才没有听清楚，你再说一遍好不好？”红头发太太抓住我的衣服一把把我拎起来，我的四只爪子在空中来回扑腾，可是没有任何用处，红头发太太把我拎到她眼前，用另一只手拨弄我的鼻子。

“讨厌！放我下来！”我号叫着，可是一只浣熊就算是号叫，在人类眼里看起来也是很有趣的。

这真是浣熊这种动物的悲哀。

“你还会生气，真有意思！”红头发太太戳了戳我的小肚子，我立刻放了个屁。红头发太太笑得更厉害了，我还看见几滴眼泪从她的眼角滑落。

我预感这一次肯定找不到大胡子了。

突然，摊位前来了一位客人，红头发太太立刻把我甩进一堆花椰菜里。

“先生，你要买点儿什么？”

“我需要一些西红柿，还有一些南瓜，最好还能买到一些新鲜的百合。”买菜的男人戴着一顶羊皮帽，帽檐压得很低，我只看得见他高挺的鼻尖以及下方那张好看的嘴唇，他穿着一件厚重的大衣，大衣上布满了灰尘，像是从煤灰里钻出来的一样。

“好的，先生，你稍等我一会儿，我马上帮你拿齐，你今晚是打算自己下厨吗？”红头发太太熟练地挑着菜。

“是的，我今晚要邀请一位小姐来我家做客，我希望她会喜欢喝我的南瓜西红柿芝士汤，我准备在上面再撒点儿百合。”男人说话的语速很慢，声音很柔，听上去舒服极了。

“我猜你喜欢她！”

男人迟疑了片刻，随即点点头，嘴角还向上扬了起来，“唔，这是一个秘密！”

“你告诉我了，这就不是一个秘密，而且我猜想她也会知道……祝你好运！”红头发太太把菜递给男人，男人把钱递了过去，老鼠跳过去接住钱。

“不用找了。”男人把菜装进随身携带的袋子里，他转过身，瞟了一眼花椰菜，我以为他发现我了，没想到他很快就把眼神移开。

“先生，你要不要来点儿花椰菜？我可以便宜卖给你。”红头发太太加了一句，男人立刻停住了脚步，用食指摸了摸鼻梁，他在思考如果买了花椰菜可以用来做什么。

“你可以试试用橄榄油爆炒花椰菜，再放几片火腿！”我给了他建议，我也忘记我是在哪里吃过这道菜了。

“好主意，那就给我拿一点花椰菜吧。”男人微微笑着，顺便摸了摸我的后脑勺。他的手掌好似一把柔软的大刷子，从我头上一直梳到我的尾巴，我整个身体都跟着酥软起来……

“先生，我好像在哪里见过你？”我的双眼迷蒙起来，真希望他再抚摸一下我的后背。

“我可爱的小浣熊，我们本来就认识，只是你想不起来而已。”男人把我抱了起来，我这才看清楚他的眼睛——不，他没有眼睛，只有眼眶，他的两个眼眶里盛满了清水，我在那汪清水里看见了一个女孩的倒影。

我直勾勾地看着那个女孩，女孩却转过身，一蹦一跳地往里面走去，我伸出爪子想去抓住她，可是我只抓到了空气。

“她是谁呀？”我好奇地问男人。

“她是你呀，我的小浣熊。”男人亲吻了我一下，又把我放在花椰菜上面，“晚上见，宝贝。”

男人再一次转身离去，我却沉浸在他的亲吻里，老鼠见状抡起一个甜椒砸向我的脑袋，我清醒过来，恶狠狠地瞪着那只可恶的老鼠。

“该死的老鼠，你居然敢拿东西砸我，我待会儿要把你塞进冬瓜里！”我挥舞着双手，我想象我现在这般生气的模样一定像一只愤怒的大猩猩，可是老鼠和红头发太太还是忍不住大笑起来。

我叹了一口气，耷拉着脑袋，我知道作为一只浣熊是演不了愤怒的大猩猩的。

红头发太太拿着红尖椒戳了戳我的脑袋。

“别理我，我想一个人待着。”我沮丧极了，我走到秋葵面前坐了下来，红头发太太却继续拿着红尖椒戳我的屁股。

“傻浣熊，你看谁来了？”

“还有谁会来搭理我这只愚蠢的浣熊，我这辈子可能都要待在浣熊的身体里，想起来就无比的悲哀。”我号哭起来，眼泪像米粒一般倾泻下来。

“蠢货，大胡子来了！”老鼠跳到我的身边，扯着我的耳朵大叫起来，我这才反应过来，立刻站了起来。

果真是大胡子！

我快速跑了过去，跳进了大胡子的菜篮子里。

大胡子挑完芹菜，急匆匆地跳上他的单车，他必须在天黑之前赶回去，否则他就无法在晚宴上端出他的血腥玛丽。

我和一把芹菜一起待在菜篮里，很快我就感觉到一丝寒冷，而且灌入菜篮里的风越来越多，我紧紧扣住菜篮，我担心我要是没有抓牢就会从菜篮里掉出去。

大胡子的单车飞了起来，穿过低矮的房屋，沿着广场转了一圈，再贴着高楼，跟着电车行走的轨迹往郊区飞去。我从菜篮里看见了大学里的钟楼，我曾经在钟楼附近和岛奇散过步；我还看见了乔木的工作室，他把工作室搬去了一栋很高的楼房的顶楼，我看见他正在窗户边喂鸽子；还有那条种满石楠花的街道，我猜想赵摩卡的美容院就在附近……天空中飘来一张宣传单，大胡子把它抓下来，塞进了菜篮子里。

那是忧伤面包店的广告单，华生请柳魅力做了代言人，柳魅力的广告照拍得很好看。

我从菜篮子里探出脑袋，我发现底下的人和物变得越来越小，渐渐地，我的眼前起了一层薄雾。我正打算揉揉眼睛，好让自己可以看得更清楚一点，只听见大胡子吼叫了一声：“抓稳了，我们要进入外太空了！”

单车后面像是着了火，大胡子却丝毫没有停下来的意思，依然疯狂地踩着单车，地球离我越来越远，我终于要离开它了。

“大胡子，你要带我去哪里？”我在菜篮子里喊道。

“我们先去冥王星，再去火星，我们必须在火星时间晚上七点前赶去宴会。”大胡子上气不接下气地答道，可是当他的单车好不容易上了冥王星的轨道，他突然停了下来。

“大胡子，发生什么事了吗？”我在菜篮子里继续问道。

“糟糕，我忘记通知粉色章鱼了，他现在估计还在地球上待着！”大胡子这才想起来，于是他立刻调转车头，又向地球骑去，我想阻止他，我不想再回“蓝水珠”上去，但是似乎已经来不及了……

大胡子的单车在返回地球的途中撞见了一颗也要去地球的彗星，我被震出了菜篮子，在空中连续翻了好几个跟斗，紧接着快速地往下坠，我不敢睁开眼睛张望，只好死死地闭上眼睛。

我猜测我这一次一定会摔得血肉模糊。

可是随着“砰”的一声，我再一次出现在安古镇诊所的地板上，只不过这一次站在我身边的人不是安古镇，而是颧骨女士。

她惊恐地看着地上的我，见我半天都没动弹，她以为我死了，正打算拿火钳把我钳出去，我突然大叫起来，把她吓得差点没摔在地上。

“天啦，这只兔子居然没有死！”

“你才是兔子，我是浣熊！”我叉着腰，面部表情很严肃。

颧骨女士弓着背，仔细地研究我，过了半天，她不可思议地摇摇头，说：“不可能呀！你真是一只兔子，不信你摸摸你的耳朵，怎么会有浣熊长一对这么长的耳朵？”

“什么叫不可能，我现在就是一只愚蠢的浣熊！”我吼叫着，挥舞着两只前爪，虽然我知道我这样子肯定很愚蠢，但是我想不到更好的行为来表达我此时的愤怒。

“真有意思，一只兔子居然说自己是一只愚蠢的浣熊，哈哈……”颧骨女士大笑了起来，她笑的时候嘴巴张得很大，我都看见了她的喉结在颤抖。

颧骨女士笑了很长时间，大概她也感觉到有些无聊，这才停下来，继续弓着背看着我。

“小兔子，不，小浣熊，我现在可没有时间和你聊天，我要去工作了。如果你不需要挂号，麻烦请给我滚出去。”颧骨女士说完，一脚把我踹开。

她已经不想再搭理我了，我朝她的背影做了一个鬼脸，悄悄地溜进走廊。

左拐，第二间，我还记得。

“安医生，你在吗？”我把门推开，安古镇正在给一个病人做检查，他转过头，并未有发现有人在门口，再低下头，发现了我。

“兔子小姐，你的红眼病犯了吗？”安古镇和蔼地看着我。

“噢，我要怎么跟你们人类解释，我不是一只兔子，我是一只浣熊！”我很沮丧，为什么总是有人分不清兔子和浣熊，这两种动物长得有那么相似吗？

我垂头丧气地爬到椅子上，像一个垂头丧气的人一样瘫坐在椅子上面，我的耳朵也垂了下来，挡住我的眼睛，我把它拨开，可是它又垂了下来。正当我准备第三次把耳朵拨开时，我在对面的镜子里看见了一只垂头丧气的兔子……

“见鬼了啊，我什么时候变成了一只兔子？”我惊恐地看着镜子里那只雪白的大兔子。

“而且还是一只雪白的兔子，比先前那只红色的兔子看起来可爱多了。”安古镇笑眯眯的，今天来看病的病人说自己把一只隐形眼镜塞进了眼睛里，可是安古镇在她的眼睛里找了半天，依然没有发现隐形眼镜。

病人不相信，她坚信隐形眼镜就是在她的眼睛上部。她看起来很焦虑，安古镇只好从盒子里拿出一副新的隐形眼镜，说是从她眼睛里取出来的，病人这才愿意从检查椅子上走下来。

“唉，有时候我也不想演一个骗子，可是事实上人类就是这样，还美其名曰是美丽的谎言，谎言还有美丽和不美丽的区别吗？”安古镇耸耸肩膀，今天来看病的病人不多，所以他可以跟我面对面坐着聊会儿天。

“安医生，听你说话的口气，好像你不是地球人一样。”我双手交叉放在胸前，还跷起了二郎腿。

安古镇撇了撇嘴，他今天给我准备的饼干是蓝莓味道的，他坐在我对面的椅子上，我看见他的衣袖里伸出了粉嫩的触角，拈起饼干放进他的嘴巴里。

难道安古镇是那只粉色章鱼？

安古镇嘴里含着一块饼干，他并没有发现他的身体已经开始变形了。

“喂喂喂，安医生你到底有几只手啊？”我瞪着安古镇，他的每只袖子里已经跑出了三条触角，领口里也跑出了两条，总共八条触角伸到盘子里拿饼干吃。

盘子里的饼干瞬间被他吃光了，那可是他用来招待我的饼干啊！

“对不起，蓝莓味道的饼干很好吃，我觉得比姜汁味道的好吃。”安古镇嘴里塞着饼干，他吃东西的样子真是难看死了。

“为什么一只章鱼会喜欢吃蓝莓味儿的饼干？”我皱着眉头，我怀疑这一切都是这只粉色章鱼和大胡子联合设计的阴谋，让我一会儿变兔子一会儿变浣熊。

安古镇依然没有发现自己的异常，他把所有饼干都塞进了嘴巴里，然后打了一个巨响的饱嗝，这个饱嗝让他的脑袋也跟着晃动——安古镇现在完完全全变成一只章鱼了，还是一只穿着白色大褂的粉色章鱼。

“我感觉我的脑袋有些沉重，不知道是不是吃多了蓝莓饼干。”安古镇不好意思地笑了起来，他笑的时候嘴角和眼角都跟着向下拉扯，看起来好像在哭。

我朝天花板翻了一个白眼，粉色章鱼的智商一向低下，我想如果我不戳穿他的谎言，估计他洗澡之前都不会发现他其实已经不是一位眼科医生了。

此时，有人敲门。

“你好，安医生，有一位紧急的病人要见你，我让他排队挂号，可是他却说他是你的朋友，不需要挂号，还把我的电脑给砸了。”颧骨女士原本是一张哭丧的脸，可是等她看见我和安古镇时，她那张哭丧的脸变得更难看了。

她大口大口地喘着气，眼珠都快要从眼眶里鼓出来，而她的一张脸又像是被冰冻住了一样，完全无法动弹。

“亲爱的，你没必要这么紧张，我只是和一只兔子在吃饼干而已。”安古镇安慰着颧骨女士，他起身走了过去，他希望可以抚摸一下颧骨女士的后背，好让她放松身体。

显然，颧骨女士是绝对不会允许一只章鱼来抚摸自己的。

颧骨女士终于爆发了一声惊恐的尖叫，可是她才喊了两秒，就被身后的一位男士给打晕了过去。

“真可惜，她本来可以叫得更持久一些的。”安古镇摊开手，他看着这位男士，他知道他是谁。

“好了，粉色章鱼，我们该走了，要不就要迟到了。”大胡子打了一个哈欠，他本来每天中午都要睡午觉的，可是今天却把午觉时间全部用在了踩单车上面。

我跳了过去，踩在已经晕过去的颧骨女士的肚皮上，伸出双手堵住门口。

“阴谋，这绝对是一个大阴谋！”我必须要给他们一点儿颜色看看。

“一只小兔子不是应该去吃胡萝卜的吗？为什么非要挡在门口，难道你以为我们俩是胡萝卜吗？”大胡子朝我唾了一口唾沫，我浑身上下沾满了他的唾液，我猜测他应该有三天没有刷牙了。

“该死的大胡子，你快点儿把我变回人形，否则我就告诉太阳系的所有人，是你偷偷锯掉了一部分冥王星卖给了猎户座上的 β 星人，导致冥王星被人类排除在行星之外！”

“该死的兔子，你从哪里知道的这件事？”大胡子被我激怒了，他一把掐住我的脖子，他的力气很大，我的脖子完全被他的大手包裹住，我根本就无法呼吸……

“我……要……死……了……”我用尽全力喊出这四个字，我希望粉色章鱼可以良心发现救我一命，但是他只是面无表情地站在一旁。

我有些绝望了，我预感再过几秒，我就要被大胡子给掐死了。没有人会为了一只死去的兔子追查凶手，人类只会用火钳把我的尸体钳出去，或许找个坑把我埋了，或许往我身上套一个垃圾袋扔进垃圾箱里，总之这世上不会有人知道我的真正死因。

正在我准备迎接死亡之时，颧骨女士突然醒了过来，她从地上爬起来，揉了揉被大胡子砸过的后脑勺，然后一脸茫然地看着我。

“天啦，这位先生你怎么能这样对待一只兔子！”颧骨女士愤怒起来，她脱下她的高跟鞋对着大胡子的脑袋一顿猛砸，大胡子为了躲避她，只好松开我，用他的胳膊护住他的脑袋。

颧骨女士却不肯罢休，她追着大胡子敲打。安古镇依然是面无表情地站在一旁，大胡子喊他过来把颧骨女士赶走，安古镇却摇摇头。

“对不起，大胡子，我是一只章鱼，我不会插手任何争端，这是我们章鱼界的做事准则。”

“章鱼要什么准则，你再不帮我，我待会儿就把你送进日本寿司店！”大胡子威胁着安古镇，安古镇犹豫了片刻，终于伸出一条触角，把髑骨女士卷了起来。

我拿起桌面上的剪刀剪掉了那条触角，安古镇发出一声类似髑骨女士刚才发出的惨叫声，没等他喊够，我又把他另外几条触角也剪掉了。

“这些触角再放点儿芹菜一起爆炒，足够我们几个当晚饭吃了。”髑骨女士砸吧了几下嘴，继续拿着高跟鞋追打大胡子，最后大胡子不得不从窗户跳了下去。

“大胡子，你不能把我抛弃，我可是你最好的朋友。”没有触角的安古镇悲哀地号叫着，可是屋内没有人愿意搭理他，髑骨女士正忙着用火钳把刚剪下来的触角钳去垃圾桶里，我则在翻箱倒柜，我希望可以找到让我变回人形的解药。

“别找了，我这里没有解药，我劝你还是尽早习惯一只兔子的生活。”安古镇有气无力地说，他现在连爬上椅子的力气都没有了。

“如果我以后真是一只兔子，我还不如回月球待着呢！”我没好气地说，可是我居然被我自己这番话提醒了……我是不是真该回去了？

人类的新闻电台正在播报一条新闻：“二〇一七年四月一日，著名的彗星 41P（又名 Tuttle-Giacobini-Kresek）距地球的距离达到了一百五十年来的最近值，仅有两千一百二十万公里，这颗彗星将从北方夜空的大熊座和天龙座间穿行而过……”

这真是一次回去的好机会，可是我还要带上那只没有触角的粉色章鱼，我实在有些怀疑自己能不能背着粉色章鱼跳上彗星，如果我一不小心跳偏了，搞不好我就掉入了另一个宇宙，而陪伴我度过漫长岁月的竟然是一只没有触角的章鱼……

我越想越恐怖，但是又没有比这更好的办法，眼看着就要天黑了，威廉的晚宴就要开始了，我不得不抓紧时间。

彗星 41P 带着巨大的尾巴飞了过来，它一路高歌，生怕没人注意到它的表演，我把粉色章鱼绑在背部，搭乘着人类的火箭飞上了太空，彗星 41P 在我的左上方，我屏住呼吸，用尽全力往上一跳。

我坐稳在彗星身上，它却没有发现我已经骑在它身上，它依然放声高歌，美丽的尾巴在空中划出一道弧线，人类纷纷拿起望远镜欣赏它的表演。

我朝着地球做了一个飞吻。

彗星 41P 朝着木星飞奔而去，我看见了熟悉的月球，我开始想念我在月球上的那些日子……我有些犹豫要不要跳下去，背后的粉色章鱼却劝说我："我觉得你还是去火星上赴宴比较好！"

我还在犹豫，彗星 41P 已经远远地把月球抛在了后头……我终于看见了那颗红色的星球，威廉已经把餐桌上的蜡烛点燃了，他熬了南瓜西红柿芝士汤，用花椰菜炒了火腿，他还在忧伤面包店买了牛角包，以及两杯血腥玛丽鸡尾酒。

土拨鼠正坐在一边拨弄竖琴，我却没有发现大胡子。

“火星到了！”彗星 41P 高喊着，它抖动了一下身体，我和粉色章鱼从它身上掉了下来，我们被火星的引力牢牢抓住。威廉朝外太空里的我挥了挥手，他让我抱紧膝盖慢慢往下坠，他一定会接住我的。

这是我第一次来到火星。

威廉的房子建在一棵巨大的榕树下面。今晚的天气不错，他把餐桌摆在外面，椅子上铺好了一层坐垫，他还细心地采了一些波斯菊放在花瓶里。

“欢迎，我的小兔子。”威廉伸开双臂，脸上挂着和蔼的笑容，他的牙齿十分洁白，他每天晚上一定是很认真的在刷牙。

“威廉，我也许一辈子都是一只小兔子，你还会爱我吗？”我沮丧地问他，我的大耳朵又掉了下来，落在我的脸上。

“我会永远爱你的，我的小兔子。”

“你发誓！”

“我发誓我会永远爱着你，无论你变成小兔子，还是变成小浣熊，我都不会改变对你的爱恋。”威廉抱住我，我把脑袋埋进他的臂弯里，此刻我幸福极了。

土拨鼠把脸侧向一边，她脸红了，她悄悄地告诉那只没有触角的章鱼，威廉把我变回人形的解药藏在第三个抽屉里。

“可是威廉永远都不会给小兔子解药！”土拨鼠坚定地说，她继续拨弄着竖琴……窗外，地球如同一颗耀眼的蓝水珠，散发着迷人的光芒，没有一个人类发现我的失踪。

也没有人发现我曾经来过地球。